유자차스튜디오 2020 앤솔로지

잠자코 여름을 기다릴 것

잠자코
여름을
기다릴 것

유자차스튜디오

문학여행

차례

[소설]

[에세이]

일상

이수민

아이를 안은 내 손에 오늘의 저녁밥 냄새가 나고 꽃향기는 방향제가 돼버렸다. 손 위에 반짝이던 반지는 빛나는 돌멩이가 되었고 이마에 맞춘 입술의 떨림이 어색해졌다. 꽃향기는 더욱 짙어지고, 다시 음식냄새와 고무냄새로 덮였다. 남은 꽃잎을 청소기로 빨아들이고 물기를 덜 짠 걸레로 그 자리를 훑는다. 아로마향이 나는 제습기 옆에 누운 나는 살며시 몸을 웅크리며 흘려보낸다.

진미채볶음

이수민

세월이 지나가듯 어느새 없어진다
냉장고 쌓여가는 엄마의 반찬이
그것을 채우기까지 얼마나 많은 포기를 해야 했는가
반찬통 위에 붙여진
서툰 포스트잇을 밥 위에 얹고
또 없어진 반찬은 당연한 듯 채워진다

첫사랑

이재영

빗자루 쓸며 남겨둔
통로를 알리는 바코드
언니가 알아볼 수 있을까

옥상에서 이름을
소리 내어 불러본다
점처럼 멀어진 언니
매일 검지로 허공을 쓰다듬으며

하고 싶은 말을 모르는 앵무새
아는 언니
보이지 않을 때까지 날아간
노란 깃털을 따라 그리는 손가락

바다로 가자
환한 갈매기 등에 올라타
바람과 입 맞추는 나를 질투해줘
환상보다 무거워진 채로

우산이 가득 핀 거리
돌아가지 말자는 맹세
흔적이 흐른다
여러 겹의 이름과
언니의 가슴 안에 내 심장 소리

미시오

이재영

창밖이 보이는 자리
사람들은 아무 소리도 들리지 않나봐
문이 흔들릴 때마다
틀어둔 노래가 깜빡거려
문틈으로 바람이 비집고 들어오는데

우리의 인사는 서툴게
주먹의 속살을 보여주며
투명한 벽에 기댄 손들이 반가워
아무도 나를 모르는 곳에서

커피 잔이 받침 위에서 빙글빙글
멀리 가고 싶은 것처럼 보여
달이 갯벌을 감아두었다가
밀어내

누가 두고 간 담요일까
밀려오는 것들 중에서
함께 앉아 있을 수 있는 것을
뒤적이면서

오랫동안 편지를 쓴다
잔이 식는 대로
잠이 쏟아지면 자고
당기는 힘이 생길 때까지

소녀상의 노래

박지원

까만 커튼에 가려진 순백 검정치마
으르렁거리며 위협하는, 소녀들을 담은 엔진소리여
깨끗한 흰저고리들의 고향을 부르는 합창

이제는 아니요

주사 꽂힌 1전 50전의 영혼
잘린 나무 2층 칸막이
모포 놓인 삐걱 침대

마구잡이로 내팽개쳐진
구겨진 살을 붙들고 고갤 드니
주홍빛 따갑게도 타드는 저 구름

그걸 보고 아름답다 하다니
옳지 않다 있을 수 없다

언젠가 저 하늘과 내 눈이 맞닿아
다 재로 변하고 불씨만 남을 때도
현재가 지나간 흔적만은
영원할 것이다

---

* <소녀상의 노래>는 위안부 할머니 증언을 바탕으로 창작하였다.

미처 못한 작별인사

박지원

순이야
동생이 가져다 준 볏단은 어찌하고
땅바닥에 내팽개치고
뭘 그리 급하게
놀러나간 것이냐
놀러나간 것이어야 한다

순이야
저 군복 뒤집어 쓴 화물차가 자꾸
이 엄마의 땅에 상처를 낸다
노을이 지기 전에
모쪼록 돌아오너라

순이야

---

* <미처 못한 작별인사>는 故김순이 할머니 증언 기록을 바탕으로 창작하
였다.

봄볕

나는 봄이고 싶다.
마음이 살랑이게 되는,
빼곡한 보도블록 사이에도 꽃이 피고 마는,
모조리 따뜻한 여유로운 봄볕.
그런 봄.

낙서

어린애의 낙서같은
그런 네가 좋아.
아무렇게나 그어놓은 것처럼 보여도
사실은 수많은 고민을 했다는 걸 알거든.

녹차라떼

햇빛

가끔 그런 날이 있다.
한 번도 해보지 않았던 선택을 하게 되는,
무언가에 홀리기라도 한 듯
흘러가 버리는 그런 날.

오늘 나는 녹차라떼를 먹었다.
왜 맛있는지 모르겠다.
이렇게 또 한 살 먹었고
또 내가 하나 늘어났다.

안녕(편안)

우두원

안녕하세요.
오늘 하루 괜찮으셨나요?
많이 힘드셨죠?
세상이 요즘 따라
더 쉽지 않네요.
기지개 한번 쭉 펴고
남은 하루는
안녕하세요.

안면운동

거울을 보세요.
광대를 올려보세요.
따라 말하세요.
치즈
웃는 모습이 예쁘시네요.

기억

우두원

쏟은 잉크처럼 지우려 하면
번지기만 하네요.

당신에게만은

어두웠던 하루를
감추기 위해
밝은 가면을 쓴 후
당신에게 갑니다.

기다린다는 건

연홍

기다린다는 건
누가 불러도 돌아보지 않고
우두커니 있는 거예요

기다린다는 건
내가 할 수 있는
가장 격렬한 몸짓이에요

원망도 슬픔도 쉽고
흐려지고 지워지는 건 당연한 건데

기다린다는 건
그렇지 않다는 걸

우리 할머니의 하루

연홍

나이를 먹어서
이제는 슬플 일도 없을 거라고 생각했는데

예전에 아팠던 구석이
아직도
툭툭 건드리면 눈물이 주룩- 할 정도로
그 정도로 기억이 생생한 걸 보면

나이를 먹어서 피부가 버석거려도
금세 눈가가 젖어 드는 걸 보면

이게 참

산다는 게

늙어도 좌우지간 바쁘구나

다름의 기준

지헌

다름의 기준이란 뭘까

장애인과 비장애인
착하다 나쁘다
활발하다 소심하다

이러한 단어들로,
한 사람의 인생과 과정을 정의하는 것이 맞는 건지
문득 그런 생각들이 들곤 한다.

모두가 자신의 삶을 지키려고 노력했을 텐데,
조금은 마음이 슬프지 않을까

감사함으로

지헌

감사라는 단어는 참 예쁜 단어다.

마음을 표현하고 싶은데 힘이 들 때,
말이 생각나지 않을 때
가볍고 간결하게 나의 마음을 전할 수 있기 때문이다.

당연하게 사용하는 단어이기도 하지만,
그 안에서도 단어를 쓰면서
기쁨을 지니고 다니는 사람들도 있겠지

그리고 알게 모르게 사람들은,
입가에 살며시 미소가 지어지겠지

마음속에 살며시 햇빛이 스며들겠지

나만의 속도

지헌

사람들은 자신들만의 속도가 있다

사람들과의 관계 속에서
더딘 사람이 있고, 빠른 사람도 있다

하지만 모두가 이러한 속도감이 정말 나의 것인지
아니면 세상에 나를 맞추고 있는 것인지
한 번쯤은 생각해 봤을거다

모든 사람이 다 같은 속도를
가지고 있는 것이 아니며
그것이 자신의 것이 아니라고 할 수도 없다

그저 그냥 내가 안심되고 편안한 상태를
유지하고 나를 지키는 방법이다

그러니 걱정하지 말고 자신의 속도를 지키며 살길

비를 피하기보다 맞기로 했다

이지혜

비를 피하기보다 맞기로 했다
쏟아져 피하지 못하는 비라면
나도 함께 쏟아지리
다만
젖어오는 옷자락에 슬퍼하지 않으리

평안

이지혜

사랑이기에 행복했고
사랑했기에 눈물 흘렸고
지나갔기에 슬펐다

미워 증오하지 않으며
서로의 평안을 빌어준다면
사랑한 거다

서로가 있으면 아프기에
지나간 것을 알았고 지나갔기에
평안에 이르길 바란다

우리가 피어난 날

이지혜

덩굴장미 필 무렵
엄마의 세상이
뜨겁게 피었고

코스모스 들판 가득 메워질 무렵
나의 세상을
자유로이 품었네

동백 꽃 필 무렵
오빠의 세상을
따스히 채웠네

그들은 언제나 그 자리에 피어있네

가을맞이

가을이 옵니다

황금빛 벼들은 고개를 숙이고
단풍나무 은행나무 알록달록 옷을 갈아입으면
아름다운 가을 풍경이 눈에 들어옵니다

가을이 옵니다

가을 바람 타고 놀러온 잠자리도
도토리를 주우러 나온 다람쥐도
하나 두울 나와 가을 풍경을 채워줍니다

가을이 옵니다

여름옷을 정리하고 긴 옷을 꺼내는 내 모습도
괜시리 책을 꺼내 읽어보는 내 모습에도
이제 정말 가을이 왔나봅니다

비 오는 날

최희원

밖에 비가 내려
창문을 닫았다

마르지 않은 빨래들은
축축함을 머금고 있네

밖에 비가 내려
먼지들이 도망갔다

해가 나면 맑고 환해지겠지

안에도 비가 내려
두 눈을 꼬옥 감았다

비에 젖는게 두려워
도망가버린 나

해가 나면 나도 다시 돌아오겠지

과정

최강타

갈고 닦았더니
점차 선명해지고 있다

선명해진다는 것은
눈에 띄기 시작한다는 것
효과가 나타나고 있다는 것이다

.

결실

최강타

1세대가 못했다면
다음이 하면 된다

과정이 아름다울 수 있도록
결과를 아름답게

피리 부는 사나이의 집

김소영

부서진 언어가 귓구멍을 파고들어
흘린 피가 굳은 채 살았다

그 때 피리소리는 어디서 왔을까,

속에서 불쑥 얼굴을 내미는 우리 집은
지붕이 너무 뾰쪽해
한참을 입 안 사탕처럼 굴려야 했다

소리를 따라 스미는 맛은
입 안 가득한 구멍 속으로 들어왔다
혀끝이 참 달았다

소리가 멈추면 닿는 곳에
집을 지었다
거기서 구멍 속에 숨어 있던
어린 나를 꺼내보았다

나는 엄마를 할게
너는 아빠를 할래?
아기도 만들자 두 명은 필요하겠다

부엌에 전자레인지 하나 넣어두었다
너는 피가 굳어졌으니
넣고 돌리면 되겠다

배가 고플 때마다 가스레인지를 켜면
화상을 입었는데
그때마다 냉장고에 들어가 있었다

사실 피리 부는 사나이의 집엔
소리가 없었다.

발로 밟혀 납작해진 말을
통에 담아 냉장고에 넣어두고
까먹으면 곰팡이가 생긴다고 했다

기억상실증 엄마는 안 할래

네가 엄마를 해

나는 피리를 할게

자, 나를 따라와

그럼 어떻게 불어야 하는지 알아?

뿌리

김소영

머리 위에 핀을 꽂고 아래로 뻗어가는 머리카락
네 것과 뒤엉켜 누가 누구의 것인지 몰라

내가 엘사* 하고 싶었는데
참았지. 울먹이는 나보다 먼저 울음을
터트린 너 때문에.

내 소리는 엉키다 끊어졌나봐

사실 봄은 귀찮았던 게지
자꾸 찔러대는 싹 하나 쯤
모른 척한다고 아무도 모를테니
다 똑같이 아렌델** 땅의 기운을 받고
있노라 말하면

나도 엘사가 되었어야지
더 길게 내려갈 수 있었는데

내 머리핀은 왕관 모양이라
더 위로 자라진 못하네.

사실 나는 커다란 꽃을 달고
노래를 하고 싶었네.
겨울을 위해 이별 노래하고 싶었네

땅이 녹아내려
내가 뻗어가는 자리마다
길을 터 줄 테니

길게 뻗은 머리카락
땅 밑으로 자라라 자라라
하늘을 올려다보는 내 목은
언제쯤이면 머리핀이 필요 없을까.

*

---

* * 엘사: 영화 〈겨울왕국〉시리즈의 주인공
** 아렌델: 영화 〈겨울왕국〉시리즈의 배경으로, 〈겨울왕국1〉에서
마법으로 계속된 겨울이 끝나고 봄이 찾아오는 땅

잠자코 여름을 기다릴 것

노하늘

01.

연갈색 나무판자 바닥. 쓸데없이 화려한 추시계, 거뭇거뭇한 체리색 몰딩, 얼마 전 아들에게 선물 받은 TV 모니터마저 깜깜해 끔찍하게 고요한 오후였다. 공허한 느낌을 덜어내고자 냉장고를 열어 복숭아를 꺼냈다. 보기만 해도 먹음직스러워 보이는 복숭아가 제 손을 벗어날 것 같이 크고 실했다. 지문 사이사이로 솜털이 느껴졌다. 주름 없이 매끈한 것이 생기있어 보였다. 망치로 써도 손색없을 정도로 딱딱했다. 먹기 좋은 크기로 잘라내기 위해 과도를 집었다. 요리나 손질에 특출난 재능이 있었던 것도 아니고, 좋아하지도 않았다. 고작 시집 하나 가겠다고 별 관심도 없는 칼질까지 배워가며 얻은 엄마라는 칭호는 상흔이 만져졌다. 그제서야 나는 '여자'라고 불릴 수 있었다.

지겹도록 집어왔던 주방용 칼은, 남편이 병원에 들어가자마자 닳아있었던 지문이 돌아오면서 찾는 일이 잦아졌다. 투박한 손길로 복숭아를 반으로 갈라 하나는 입으로, 하나는 냉장고 안으로 도로 집어넣었다. 소파에 아무렇지 않게 앉아서 TV 채널 5번을 틀었다. 이런 한적한 시간에는 보통 노인네들이 즐겨 보는 남의 가정사나 생활 정보 등이 나오거나 아침 연속극이 재방송되었다. 하나씩 채널을 돌리며 마음에 드는 방송을 찾아 틀고, 세상 돌아가는 걸 작은 화면을 통해 지켜봤다.

손에 든 복숭아를 한 입 더 베어물며 과즙을 음미했다. 식감은 역시나 딱딱했지만 입으로 들어가자 사르륵 녹을 듯한 달콤함이 몰려왔다. 몇 번을 먹어도 그닥 내 취향은 아니었다. 온 정신을 입 안으로 집중하는 도중 내 오감을 분산시킬 만한 큰 진동소리가 들려왔다. 바꾼 지 얼마 안 된 휴대전화기는 진동이 꽤나 커서 제 스스로 움직여 바닥으로 떨어질 뻔했다. 상 모서리에 정착한 휴대전화기의 다이어리식 케이스를 열어 수신자를 확인했다.

'이검사'라는 문구와, 아들의 대학교 졸업식 때의 사진이 휴대폰 액정에 대문짝만하게 떠올라 있었다. 언제 봐도 자랑스러운 내 둘째 아들이었다. 하지만 이렇게 불쑥 연락할 정도로 여유롭지 않은 직업이었다. 그런데 웬일인지, 심지어 이런 오후에 연락을 하다니. 조금 의아했지만 잘난 검사 아들을 반기지 않을 엄마는 세상 어디에도 없을 것이다. 목을 가다듬곤 가볍게 수화기 아이콘을 눌렀다.

"이검사, 무슨 일이야? 먼저 연락도 다 하고. 바쁘지 않아?"

"바쁘기야 뭐 항상 바쁘지…."

침을 삼키는 소리가 전화기 너머에서부터 들려왔다.

"왜 이리 뜸을 들일까, 우리 아들. 뭔데?"

"엄마, 혹시 누나랑 연락해 봤어?"

십여년 만에 나온 대화 주제였다. 어쩌면 존재를 잊어버릴 수도 있었다. 하지만 여전히 잊지 못했는지 잠시 뜸을 들이며 대화를 이어갔다.

"안 했지. 걔 성격이랑 내 성격에 연락을 할 것 같니?"

그렇긴 한데. 여전히 뜸을 들이는 둘째 목소리에 슬슬 안달이 나려 했다. 그러나 성급히 묻지는 않았다. 지 누나의 얘기를 꺼낸 걸 보니 확실히 가벼운 일은 아닌 것 같았다. 마음을 졸이며 둘째의 입이 열리기를 기다렸다. 조바심 내며 끙끙 앓는 소리를 내더니 이내 입을 열었다.

"누나 결혼해서 애 낳았어. 얼마 전 돌이었대."

두 귀를 의심할만한 소리였다. 처음부터 그래, 너 지은이는 언제나 나를 놀래키는 아이였지.

겨우 얻은 아이가 장녀라는 사실을 알고 그저 울었던 순간이 머릿속에 맴돌았다. 서로에게 비참한 상황이었지만, 금방 또 신은 남자아이를 허락해주셨다. 둘째와 셋째는 남자 아이가 태어난 뒤로 훌륭하게 키워 하난 검사, 하난 캐나다 어디 연구원으로 보냈다. 어디 가서 꿀리지 않을 엄마였다.

첫째로 태어난 딸은 제 속만 썩이고 스무 살이 되자마자 집을 떠나 연락도 끊어버렸다. 그렇게 서로 외면한 채 잘 지내는 것 마냥 십여년을 버텨왔거늘, 이제서야 본인이 아닌 다른 사람을 통해 들려온 소식은 날 어처구니없게 만들었다. 더 어처구니없는 것은 그닥 할 말이 없다는 것이었다. 다시 한번 생각해보면 그 아이에게 나는 한 번도 엄마로, 부모로 비춰지지 않은 것 같았다. 슬쩍 머리가 어지러워 다시 무게중심을 잡았다.

그렇게 나는, 첫째에게 엄마라는 칭호를 얻지 못한 지 10년째, 50대에 할머니가 되었다.

02.

"이 썩을 놈의 집은 뭐 이리 높은 데에 있어."

목을 젖혀 바라본 언덕은 목뼈에 바람이 들어가는 소리를 내게 하였다. 솜 빼낸 베개마냥 헐렁히 혼이 쏙 빠진 기분이었다. 나는 둘째와의 전화가 끊기자마자 다시 연락해 지은이의 집 주소를 알아냈다. 알려주면 누나가 검찰청으로 찾아온다는 말을 해대는 둘째를 받아주기엔 나도 온전치 못한 상태였기에, 바로 주소를 문자로 보내라고 안달했다. 아들이 보내준 주소는 그리 멀지 않은 거리로, 괜히 택시를 탔나 싶을 정도로 가까웠다. 손에 든 가방을 순간이라도 놓칠까 힘을 꽉 주곤, 한숨을 발판 삼아 언덕을 조금씩 올라갔다. 비록 작은 언덕 하나 오르는 것이었지만 오랜만에 근육을 움직여서 그런지 뻐근했다. 시집온 뒤로는 밖으로 나갈 일보단 집에 머물 때가 더 많았다. 집을 지킨다, 이 말은 남편의 말을 인용한 것이었다. 남편은 밖으로 나가고 싶거나 개인적인 시간을 갖고 싶어하는 나의 모습을 볼 때마다, 마법의 주문처럼 나에게 말해 주었다. 가정을 지키라고. 왜 그렇게 날 조금씩 몰아갔나, 이제 와 조금씩 생각한다.

사실 스무 살이 되자마자 다 큰 성인이 집을 떠난 건 큰 문제가 되지 않았다. 오히려 둘째, 셋째도 성인이 되고 얼마 지나지 않아 집을 떠났다. 문제는 첫째만 연락이 끊겼다는 점이었다. 처음 지은이가 집을 나갔을 때 나는 안일하게 생각했다. 무엇하나 능동적인 점 없는 내 딸이었기에 금방 질리고 다시 연락하겠지, 금방 돌아오겠지, 라며 그저 집을 지켰다. 그렇게 6년이 지나고 남편이 병원에 들어갔을 무렵, 집에 돌아와 현관문을 열자 집안을 가득 채우던 추위와 거센 외로움이 나를 덮쳐왔다. 머릿속에 나에게서 떠나간 지은이의 얼굴이 떠올랐다. 넓고 텅 빈 집안에서 아들 둘 학원 보내겠다며 집에 혼자 남겨둔 지은이의 교복 냄새가, 열쇠로 빈집의 문을 여는 소리가, 다 식은 밥의 온기가, 그대로 그 자리에 홀로 남아있었다. 3일을 꼬박 앓으며 울었던 기억이 눈물에 젖어 흐릿했다. 어떤 감정으로 울었는지도 기억이 나질 않는다. 나에게서 온 것이 아닌 온전히 지은이, 장녀의 '우울'이 하염없이 집안 습도를 올리고 있었다. 그 해부터 여름의 지독한 추위는 사라질 기미가 안 보였다.

그때 셋째아들을 통해 알게 된 사실은 지은이가 동생들과는 연락을 하고 있다는 것, 건강하게 살아있다는 것. 지은이가 허락한 것은 오직 그 두 가지였다. 연락을 받고 난 깨달았다. 내 인생에서 지은이가 차지하는 부분은 크지 않았다는 점. 눈물은 거짓말처럼 바로 그쳤다. 사실 중요했다. 정말 소중했고 내 딸임이 분명했다. 그렇기에 그리 오랫동안 서글피 울었으니. 엄지손가락을 아무리 깨문들 피가 나기 전까진 아픔을 깨닫지 못하는 법이다. 집을 떠나기 전, 날 바라봤던 표정이 생각났다. 비어있었다. 아무것도 주지 않았기에 그 눈동자에 아무것도 담겨있지 않았다. 자식농사를 잘 했다는 소리를 자주 들어왔다. 실제로 나도 그 말에 동의했고, 어떻게 키웠냐는 질문도 많이 들었다. 간단하게, 차별을 두면 되는 일이었다.

나는 둘째가 태어나고 지은이에게서 기대를 거두기로 했다. 떳떳한 엄마는 못 될 거라는 각오쯤은 하고 있었다. 이따금씩 아들들이 첫째 눈치를 보긴 했다. 미안해서, 자신들이 뺏은 기분이 들었으니까. 그러나 그 알 수 없는 죄책감마저 나이를 먹고 바빠지자 점차 줄어들었고, 나를 바라보던 첫째의 굶주린 시선도 거둬졌다.

사랑하지 않았냐 물어본다면 절대 아니다. 어떤 엄마가 딸을 진심으로 증오하고 피할 수 있을까. 그저 알아채는 시기가 너무 늦었던 것이다. 없을 때에도 몰랐던 소중함이 자기가 혼자가 되자 알게 되었다는 사실이 나를 부끄럽게 만들었다. 결국 나는 지은이를 나와 똑같은 길을 걷게 한 것이었다. 그에 변명할 생각은 없었고 마주할 생각은 더욱이 없었기에 지금까지 '아무것도 아닌 관계'를 유지할 수 있었던 것이다. 집으로 가겠다고 주소를 부르라는 말에 둘째에게 괜찮겠냐는 질문이 돌아왔다. 걱정을 시키고 싶지 않았으니 괜찮다고 당차게 대답했지만 이제 와서 마주할 용기가 생긴 것은 아니었다. 그저 더 이상 이 마음을 참으면 안 될 것 같았다.

단독주택 몇 채를 지났을 무렵, 어느 샌가 둘째가 보내준 집 주소와 같은 번지수가 눈에 들어왔다. 대문 앞에 서서 잠시 망설였다. 사실 이제 와서 무서울 건 없었다. 숨을 고르려 벌린 입에서는 쉰 숨소리밖에 나오지 않았다. 나는 세상의 기준에 맞춰 성공했다. 남들에게 떳떳할 자격이 있었다. 눈앞에 있는 초인종을 훑어보며 스스로 되물었다. 무엇이 잘못되었는지, 무엇이 이리도 답답하고 무거운지. 몇 년 동안 집을 나간 첫째를 보려는 어미의 마음은 아니다. 조금 더 깊은, 오랫동안 묵혀둔 술마냥 고약한 느낌에 미간을 찌푸렸다. 이미 올라온 언덕인데 피할 이유는 없었기에 복잡한 마음을 제치고 초인종을 누르기 위해 손을 들어올렸다.

03.

"어어, 걱정 마. 작은 처남한테도 영상 보내줬어. 되게 좋아하던데? 자기도 빨리 결혼하고 싶대."

－ 밀린 보고서나 마저 끝내라 해. 지가 낳는 것도 아니면서 뭘 결혼이야 결혼은.

호탕하지만 절제된 웃음이 골목에 얕게 퍼졌다.

"그러게, 자기도 엄청 고생했잖아. 밖에 있으니까 잘 몰라서 그래, 큰 처남은 자기한테 엄청 쩔쩔매잖아."

- 내가 좀 세게 얘기하긴 했지.

짧지만 묵직한 한숨소리가 스피커를 통해 전해졌다. 그와 동시에 '아아', '우우'등의 옹알이 소리가 귀를 적셨다. 최근 들어 바쁜 엄마 덕에 나와 시간을 오래 보낸 터라, 엄마 지은이를 어색해하는 경향이 있었다. 오랜만에 보는 엄마라 제 것처럼 점찍어두며 지은이에게서 떨어지지를 않았다. 차를 주차시킨 뒤 천천히 오라며 짐을 먼저 들고 집으로 가는 길이었다. 결혼을 하자마자 나는 더 일하고 싶다는 지은이의 바람으로, 호텔 직속이었던 식당을 그만두었다. 한창 바쁜 시기였던 지은이를 챙겨줄 가족이 필요했고, 나는 별 미련이 없던 식당을 나왔던 것이다. 지은이는 바깥에서 활동하는 것이 편했고 나는 그 반대였기 때문에 서로에게 좋은 선택이었다. 그 뒤로 가을이가 태어났으니 아마도 앞으로도 밖에서 일하는 지은이보다 집에 있는 내 얼굴을 더 많이 보게 될 것이다.

가을이가 기어다니기 시작하자마자 바로 직장으로 돌아가 큰 프로젝트를 맡게 된 아내 지은이를 위해 축하하는 의미로 간만에 비싼 음식을 대접해주려 장을 보고 온 직후였기에 양 손에 짐이 가득했다. 살짝 튀어나온 대파 비닐이 바지를 지속적으로 건드렸다.

주변에서는 독하다 욕하는 사람들도 있었지만 꿋꿋이 나아갔던 여자다. 그런 그를 감탄 섞인 눈망울로 바라보면, 아내는 자신은 어머니를 닮았다고, 그 강단이 어디 가지 않았다고 얘기했다. 물론 나는 잘 모르는 이야기였고, 또 공감하기 힘든 아픔도 많았을 터이다. 아마 남자인 내가 지은이의 반만 했더라면 지금쯤 꽤 이름을 날렸을 수도 있다. 같지도 않은 사회의 요구에 응하지 않기로 결심한건 당연 약자였고 그중 하나가 지은이였다.

– 일단 나도 거의 다 와가니까 끊을게. 가을이 이유식 좀 데워놔 줘.

"그래, 천천히 와."

오늘은 우리 가족이 다 좋아하는 갈비찜을 해먹어야겠다. 오랜만에 함께하는 식사라 입꼬리가 호선을 그렸다. 신호가 끊긴 휴대전화기를 주머니에 넣고, 언덕을 오르기 위해 자연스레 바닥을 향했던 고개를 들었다. 지붕이 살짝 드러나며 점점 누군가 집 앞에 서성이고 있다는 사실을 눈치챘다. 모르는 중년의 여성이 집 앞 초인종을 멍하니 쳐다보고 있었다. 우선 신문이나 우유배달은 아닐 것이다. 교회 사람인가, 손님인가, 생각을 좁혀가면 좁혀갈수록 단 하나의 생각이 머릿속에서 자꾸만 되새겨졌다. 지은이가 항상 닮았다고 말했던, 그리고 지은이의 강단을 물려준 사람, 지은이가 항상 말해주던 그 사람.

"안 들어가시게요?"

그제서야 존재를 눈치채 주었는지 중년의 여성은 놀란 눈초리로 나를 쳐다보았다. 지은이가 모르는 사람 집에 들여보내지 말라고 했는데, 괜찮을 것 같았다. 그냥 남편의 직감이었다.

04.

서 있기도 뭣하니 들어가서 이야기 하자며 사내가 나를 데리고 대문 안으로 들어왔다. 나를 쳐다보지 않고 무작정 들여보내는 행동을 보니, 마치 내가 누구인지 아는 듯 해 보였다. 잠금장치를 여는 둔탁한 소리가 났다.

"지은이네… 맞나?"

"네. 잘 찾아오셨어요."

직설적인 대답에 더욱 확신이 들었다. 아마도 내 딸 지은이의 남편, 그러니까 내 사위 되는 사람일 것이다. 그러나 분명 사위라면 장모인 나를 그렇게 반길 위치는 아니었음에도 불과하고, 나를 바라보는 눈빛에 담긴 반가움이 조금은 의아했다. 신나게 대답해놓고는 쑥스러웠는지 금방 고개

를 돌리는 모습이 어린애 같았다. 일부러 보여주듯 천천히
비밀번호를 가리지 않고 눌렀다. 도어락 소리가 좁은 현관
에 울려퍼졌다.

"어머니 맞으시죠?"

"내가 지은이 엄마인지 아닌지 어떻게 아나."

"그냥… 닮으셔서 바로 알아본 것 같아요."

젊은 남자는 어색하게 웃어보곤 문을 열어 현관문에서 바
로 불을 켰다. 따뜻한 냄새가 몸을 덮쳤다. 남자는 아무렇
지 않게 신발을 벗어놓고는 다시 나갈 일이 없다는 듯이
신발장에 집어넣었다. 나도 그를 따라 집안을 살펴보던 눈
을 거두고 구두를 가지런히 그 자리에 놓았다.

05.

우선 사위가 누구든지 일단 만나면 한대 쥐어박고 싶은
마음이 없었다면 거짓말이다. 직접 보지도 못한 결혼식이라
사위라 부르기가 싫었다.

"마실 건 뭐로 드릴까요?"

"그냥 아무거나 주면 좋을 것 같은데."

그러나 막상 직접 얼굴을 보자 그럴 마음이 사라졌다. 사
위는 들어오자마자 잠시만 기다리라며 급하게 부엌 탁자

위에 짐들을 올려놓고 손을 씻었다. 그러고선 쟁반 위에 대접용으로 보이는 커피잔을 올려놓고 밝은 표정으로 나에게 물어왔다. 나는 생각보다 나를 이렇게 반겨주는 사람에게까지 무어라 할 정도로 나쁜 성격은 아니었나보다. 곱게 자랐는지 멀끔한 손이 제 손과 너무 비교가 되어 괜히 두 손을 움켜쥐었다.

답답한 마음을 떨쳐내고자 자연스럽게 고개를 들어 집안을 둘러보았다. 아기자기한 물건들이 가득했다. 색이 다양했지만 지저분해 보이는 느낌은 없었다. 솔직히 말해서 생각보다 너무 괜찮아보여서 괜스레 마음이 더 답답해졌다. 이건 어머니의 마음이었다. 아직 놓아주지 못한 끈이 너무 많아 구분하기도 힘들 정도로 엉켜버렸다. 나도 모르는 사이 다 커버린 내 딸이 나 없이도 잘 산다는 사실이 나를 힘들게 한다. 내 역할이 여기서 끝났다는 선고를 받아버린 기분이었다. 거실을 한번 훑고 나니 사위되는 사람과 눈이 마주쳤다. 그는 언제부턴가 복숭아를 꺼내 도마 위에 두어 예쁘게 조각내고 있었다.

"지은이가 좋아해서, 혹시나 하고…."

갈 곳 잃은 칼을 허공에 둔 채 눈치를 보는 모습조차 뻣뻣했다. 안타까운 건 난 그닥 복숭아를 좋아하지 않는다는 것이다. 나도 모르게 작은 한숨이 나왔다. 딱히 동정의 의미는 아니었다. 그는 모은 손을 풀더니 거실 안쪽을 가리키며 슬쩍 웃어보였다. 집을 더 둘러봐도 된다는 허락의 의미였다. 이상하게 눈치는 빨라서 쉽게 미워하기 힘든 성격이라 잠시 생각했다. 소개도 못 받아본 사위와도 하고 싶은 이야기는 많았지만 지금은 오랜만에 만난 딸의 흔적을 찾는 것이 우선이었다. 나는 긍정의 의미로 눈꺼풀을 느리게 깜빡였다. 아직 소파의 새 가죽냄새 흔적이 남은 거실을 빠져나와 부엌과 거실의 통로에 들어섰다.

통로 끝 안방으로 보이는 문 앞, 집주인과 그의 결혼사진이 대문짝만하게 띄워져있었다. 아직까지 아려오는 내 첫째 딸이었다. 어디있는지도 모른다는 변명 뒤에 숨어 십여 년간, 아니 삼십년간 외면하며 살았다. 이제와 마주하는 딸의 모습은, 정말 행복해 보인다는 사실이 시선 속에 들어와 따가움에 눈물이 나올 뻔했다. 스스로가 불쌍하고 한심하다는 생각이 내 두 눈을 감게 만들었다. 한 아이의 엄마라는 사람이 딸이 웃고 있는 모습을 보면서 이토록 절망적일 수가 없었다. 나에겐 딸에게 먼저 유대를 끊은 사실에 대해 무어라 할 자신이, 자격이 없었다. 여태껏 살아온 오십여 년이라는 세월이 아무 보잘것없어 보임에 치가 떨려왔다. 난 끝까지 너에게 이런 모습만 보여주는구나.

빚더미 집에서 장녀로 태어난 나는 부족한 집안 어떻게든 먹여 살려보겠다고 돈 많은 집안에 내 모든 것을 내주고 겨우 시집을 갔다. 내 사랑, 내 꿈, 내 의지마저 던졌다. 아무것도 없는 집안, 자랑거리 하나 만들기 힘든 위치, 그 시대는 남자아이를 원했고 나도 남자아이를 원했다. 나의 성공을 위한 이유도 있었지만 이제 막 청춘이 시작될 나이에 시집을 가며 청춘이 빨리 막을 내려버린 생이었다. 아직 어렸던 나는 내 자식이 나와 같은 길을 걷지 말았으면 하는 마음이 간절했다.

그렇기에 장남을 원했다. 똑똑하든, 멍청하든, 잘생겼든, 착하든, 아무것도 상관이 없었다. 나에게 남자아이를 허락해달라며 밤낮을 기도하며 떨었다.

아이를 처음 안은 그 순간을 기억한다. 그때에 나는 애절하게 울며 아이를 껴안는 손에 힘이 들어가 그 후로는 세게 안지도 못하였다. 아이는 나에게 안길 때에 달덩이처럼 빛나는 제 눈에 나를 기꺼이 담아주었다. 순간적으로 몰려오는 답답함에 찡글이는 내 표정마저 받아주었다. 너무 미안하고, 한없이 불쌍했다. 내가 넘겨주는 이 세대가 너무 비참했다. 이 아이가 걸어나갈 길이 너무 비좁아보였다.

나는 그 아이의 시선이 더 먼 곳을 향해있음을 보았다. 그 반짝이던 작은 달을 애써 무시하며 아이를 제 품에 가두었고, 그 뒤로 아이에 눈에는 무언가 담길 일은 없었다.

둘째가 태어나자마자 나는 아이를 제 등 뒤로 숨겼다. 절대 뒤돌아보지 않았다. 괜히 마음이 약해질까 봐, 두 손에 감겨진 두 아들의 손을 잡자 더 이상 신경쓸 수가 없다며 손에 힘을 주고 앞으로 걸어갔다. 자신의 무능함을 받아들이는 순간이었다. 어쩔 수 없다는 명목 하에 끝없는 안정을 느꼈다. 등 뒤 그림자에만 머물며 어떻게 자랐는지도 몰랐던 아이가 그림자에서 벗어나 이제 나와 같은 '부모'가 되었고, 그제서야 뒤늦게 뒤돌아보는 나는 이제 달에 없는 사람이었다.

어지러움을 뒤로하고 눈을 뜨자 보이는 건 한 아기의 사진이었다. 선반 위에서, 웃지도 울지도 않은 채 그저 호기심어린 눈빛으로 카메라 너머의 누군가를 바라보고 있었다. 작고 어린 하나의 존재가, 나를 바라보는 것 같았다. 단순한 액자지만 겉으로 드러나지 않는 사랑이 묻어났다. 그 옆에 보이는 물건이 웃음이 나올 정도로 사진과 어울리지 않아 시선이 갔다. 녹슨 작은 쇳덩어리. 나는 이걸 본 적이 있었다. 무엇보다 이 물건의 주인은 원래 나였기 때문이다.

처음 눈길이 갔을 때에 마치 소중한 것이라도 보관한 듯 걸려있었기에 의심했지만 금방 내 것임을 알 수 있었다. 지은이가 처음 집을 나갔을 때에 미련의 조각마냥, 실오라기 하나 잡듯 들고 나갔던 녹슬어 형태조차 알아보기 힘든 우리 집 열쇠가 10년이 지나고 내 곁으로 돌아왔다.

06.

다급하게 비밀번호를 누르는 손길에 또 다시 도어락 소리가 좁은 현관에 울렸다. 우리들의 시선은 일제히 현관을 향해 있었다. 입술이 순식간에 말라 비틀어져갔다. 목구멍이 타들어가는 감각과 함께 문이 열리는 소리가 들려왔다. 내 오감은 오롯이 현관문을 향해있었다. 옆에서 나보다 더 당황하는 듯한 사위의 눈빛이 왠지 모르게 나에게 안도감을 주었다. 이내 바닥에 끌리는 소리 하나 없이 부드럽게 문이 열렸다. 익숙한 그림자가 집안으로 들어섰다. 몇 년이 지났든, 몇 년을 안 보았든, 단번에 알아볼 수 있다는 자신이 있었다. 내 딸이었으니까 내가 제일 잘 알고 있다 생각했다. 내 안에서 지은이는 집을 떠났던 20살의 모습으로 남아있었다. 성장하지 않은 채, 이제껏 그 순간의 지은이만을 찾고 있었다.

문이 열리는 건 한순간이었지만 얼굴을 보기까지 너무 긴 시간이 흘렀다. 얼굴을 보면 할 말을 정리해뒀었다. 연락을 하지 못했던 이유, 결혼, 아이 등의 질문은 준비해 두었었다. 돌아올 만한 질문은 뻔했지만. 이 문제에 대해서는 확실하게 얘기해야겠다고 생각했다. 아무리 양보해도 제 엄마에게 정말 아무런 연락도 없다니. 내가 어렴풋이 알고 말고의 문제가 아니었다. 이건 딸로부터 오는 단절선언과 다를 바 없었다. 그러니 얘기를 해봐야 한다고 생각했다. 그리고 앞으로의 이야기. 미래 계획은 어떤지도 중요했다. 그러나 집으로 들어선 그 아이의 얼굴을 보니 부질없다는 생각이 가슴속에 박혔다. 이제 내가 아는 솜털 난 어린 지은이가 아닌, 한 아이의 엄마, 가장의 얼굴을 한 사람의 얼굴이 나에게 그렇게 낯설 수가 없었다.

지은이는 손주로 추정되는 아이를 사위, 남편에게 맡기고는 나와 눈을 마주했다. 내가 여기에 올 것임을 미리 예상했는지, 꽤나 덤덤해보였다. 살짝 묻어나는 당혹감에 내 표정이 비춰졌다. 먼저 찾아와놓고 짓는 표정이 꽤나 우스웠다. 그러나 누가 이런 상황에서 신경이라도 쓸까.

먼저 입을 열려 했다. 그러나 말이 나오지 않았다. 입이 열린 채 쉰소리가 공기에 섞여 다시 삼켜졌다. 기껏 정리해둔 말이 흔적도 없이 사라졌다. 그 아이의 얼굴을 익히는 데에 다 사용해버렸기에 이젠 정말 할 말이 없었다. 그렇게 하고 싶은 말이 많았는데, 모든 게 사라지고 이젠 질문이 아닌 변명만 남아있었다. 입만 달싹이며 좀처럼 말을 꺼내지 못 하자 이내 지은이가 먼저 입을 열었다.

"집에 오는데 짐들이 선물도 없이 오면 어떡해."

생각해보면 그 기나긴 유대를 먼저 끊은 건 나였다. 지은이는 그걸 받아들이는 데에 청소년기를 바쳤고 성인이 되어서야 인정하고 나온 것이었다. 내 딸 지은이는 나와의 유대를 붙잡은 채 내가 나가지 못한 세상으로 나가 보여주려 했던 것이다. 떳떳한 눈동자 안을 바라봤다. 그 안에는 딸을 바라보는 내가 있었다. 자연스레 내 시선은 아이를 향해 가 있었다. 아이는 내 시선을 눈치챘는지 고개를 내쪽으로 돌렸고, 그 행동이 끔찍이 사랑스러웠다. 무언가에 이끌리듯 아이에게 한 걸음씩 다가갔다. 그 아이는 나를 바라보는 눈길에 조금의 경계심조차 담지 않았다. 태어난 지 얼마 되지도 않은 이 작은 아기가, 내가 누구인지 알아봐주는 것일까. 조심스레 조금씩 거리를 좁혀갔다. 이내 손만 뻗으면 닿을 거리로 들어오자 지은이는 작게 웃으며 말했다.

"가을이야. 엄마랑 나랑 똑같이 또 장녀고."

여자아이구나. 기분이 묘했다. 가슴이 벅차오름을 느끼고, 거두어뒀던 내 기대의 행방이 눈앞의 아이에게 갔음을 깨달았다. 유전처럼 내려오던 몹쓸 병이 끊기는 소리가 들려왔다. 아주 천천히 손을 뻗었다. 검지 하나를 아이의 손 안에 맡기자 아이가 내 손을 꽉 잡아왔다. 분명 뿌리칠 수 있지만 절대 끊기지 않을 것 같았다. 흘러나오는 눈물과 웃음을 억누르고 떨려오는 목소리로 겨우 입을 열었다.

"힘이 장군감이네."

결국 터져나오는 웃음은 참지 못했다.

07.

언덕을 내려가는 발에 힘을 빼면 뺄수록 중력이 끌어당김을 느낄 수 있었다. 올라올 때 그렇게 간절했던 가을바람이 이제야 내 뒷목을 스쳤다. 지은이가 나에게서 떠날 때 불었던 바람이 다시 나에게 돌아온 것 같았다. 오랜만에 딸을 만난 그 뒤로는 뻔했다. 10년의 공백을 채워갔다. 지은이는 먼저 물어보지 않았으나 나에게 모든 것을 알려주었다. 지은이는 높은 곳은 아니더라도 자신이 원하는 회사에 들어가 꾸준히 성과를 내가고 있다고 했다. 자신이 원했던 상대와 결혼도 했다고 한다. 나에게 말해주던 지은이의 표정은 정말 떳떳하고 후련해보였다. 어깨가 가벼워졌다. 무엇이든 할 수 있는 기분이었다. 난 이제 50대 아줌마이고, 엄마이자 할머니이다. 과거를 청산할 수는 없는 것이고 나는 앞으로를 꿈꿀 것이다. 나에게서 끊길 유대를, 가을이 이어줬다. 언덕을 다 내려오고 큰길을 쭉 걸어가자 사거리가 보였다. 앞으로 자주 올 텐데 길을 모르면 어쩌나. 오늘은 운동 겸 집으로 걸어가야겠다. 카펫마냥 두텁게 깔려진 낙엽이 형체를 잃어가는 소리가 기분 좋았다. 나에게만 유독 차가웠던 여름을 보내주는 길이었다. 가을이 다 가오자 아려온 뺨이 푸근했다.

당신에게 닿기를

앞이 온통 깜깜하다. 작은 불씨라도 찾으려 두리번거렸지만 사방은 온통 암흑뿐이다. 아마도 또 그 꿈인 것 같다. 며칠 전부터 난 이상한 꿈을 꾸고 있다. 반복해서 꾸게 되는 꿈에 인터넷 검색도 해보면서 나름대로 원인을 찾으려 했었다. 하지만 고민이 무색하게도 그럴 듯한 답은 나오지 않았다. 급한 대로 꿈을 피할 방안을 생각해낸 것이 밤을 새우는 것이다. 오늘만큼은 자지 않으려고 버텼건만, 새벽까지 밀린 과제들은 해치우느라 피곤했는지 결국 잠들고야 말았다. 쯧, 나는 졸음을 해결하지 못한 것이 어쩐지 분해 꿈속에서 혀를 찼다.

꿈은 항상 칠흑같은 암흑 속에서 시작된다. 처음에는 아무것도 보이지 않다가 어디선가 출처를 알 수 없는 누군가의 흐느끼는 소리만이 들릴 뿐이다. 가위라도 눌린 줄 알았지만 며칠 동안 지켜본 결과 가위는 아니란 것을 알았다.

굳이 자각몽인 것은 또 뭘까. 좋은 건지 아닌 건지 알 수 없었다. 그저 언제 이 지겨운 꿈에서 벗어날 수 있을지 궁금할 뿐이다. 계속해서 하염없이 우는 소리만 들려온다. 다시 말하지만 난 이 알 수 없는 꿈을 며칠째 꾸고 있는 중이다.

차분한 목소리처럼 들리는데 분명히 얇게 떨리고 있다. 누군가 울고 있는 소리였다. 어깨를 들썩이는 정도의 울음인 것 같다. 여자 목소리다. 나이는 몇이나 된 사람일까. 또, 반복이다. 대체 언제까지 이 소리를 듣고 있어야 되는지. 오늘에야 말로 이 찝찝한 꿈의 마침표를 찍기로 다짐한 나는 소리가 나는 쪽으로 끝없이 걸어가기 시작했다.

얼마쯤 갔을까, 희미하게 여자아이의 뒷모습이 보였다. 울음소리는 선명해졌다. 웅크리고 있는 뒷모습이 익숙했다. 흰색 하복 블라우스에 군청 치마, 이것은 우리 학교 교복이다. 그러니까 정확하게 말하자면, 내가 중학교 때 입었던 교복이다. 나는 더 가까이 다가가 보았다. 어깨가 미세하게 떨리고 있었다. 그 여자아이는 초등학교부터 껌 딱지처럼 붙어 다녔던 칠년지기 친구 재현이었다.

"뭐야, 쟤가 왜 저기에 있어…?"

계속해서 들어보니, 여태껏 들려왔던 흐느끼는 소리는 모두 재현의 목소리였던 것 같다. 대체 뭐가 어떻게 돌아가고 있는 건지 판단이 잘 되지 않았다. 며칠 내내 아무것도 보이지 않고 우는 소리만 들렸는데, 우는 소리의 주인이 재현이라니. 나는 불안한 마음에 걸음을 재촉해서 가까이 다가갔다.

재현은 다리를 끌어 모아 머리를 묻은 채 흐느끼고 있었다. 나는 눈앞의 내 칠년지기 친구의 상태를 살폈다. 무슨 일이 있었던 걸까. 나와 재현은 항상 껌딱지 마냥 붙어다니는 사이였고 언제나 무슨 일이 생기면 서로에게 털어놓고 상담했었다. 무엇보다 재현은 밝고 명랑한 성격이었고, 나에게 긍정적인 영향을 주는 친구기에 더욱 이 갑작스러운 상황이 받아들이기가 어렵게 느껴졌다. 그래도 나는 이 지겨운 꿈을 끝내기 위해 울고 있는 재현에게 조심스럽게 말을 걸었다.

"저기… 재현아…?"

나는 조심스럽게 재현에게 말을 걸었지만 아무런 반응이 없다. 울음소리 때문에 잘 안 들리는 것 같아 재현의 귀에다 대고 소리도 쳐보고 건드려도 보았다. 그럼에도 재현은 미동도 없이 울고만 있다. 아무래도 꿈속의 재현은 내 목소리가 들리지도 보이지도 않는 것 같다. 그 사이 어두웠던 주변은 점점 밝아지고 있었다. 어느새 눈이 아플 정도로 밝아진 탓에 나는 어쩔 수 없이 눈을 감았다.

눈을 떠보니 울고 있던 재현은 온데간데없이 사라져있었다. 주변을 둘러보니 체육 기구로 보이는 물건들에는 먼지가 자욱하게 깔려 있었고, 밀폐된 공간에 유일하게 있는 작은 창문에서 빛이 새어나와 공기 중의 먼지들을 밝혀주고 있었다. 오랜 시간 동안 환기를 안했는지 엉겨있는 신발과 매트에서 땀에 찌든내가 나고 있었다.

여기는 중학교 때 있었던 체육창고였다. 어딘지 모르게 익숙한 냄새라고 생각했다. 그럼 지금 여기는 내 중학교라는 건가. 꿈이니까 가능한 거겠지, 그래도 이렇게 갑자기 바뀌는 건 좀 아니지 않나, 누가 자각몽이면 꿈을 꾸는 당사자 마음대로 꿈을 바꿀 수 있다고 그랬나, 순 엉터리라고 생각하고 있을 때였다. 갑자기 어디선가 말소리가 들려왔다. 나는 갑자기 바뀐 이 상황을 파악하기 위해서 잘 열릴 것 같지 않는 녹슨 철문을 힘껏 열고 나왔다.

밖에 나가보니 사라졌던 중학생 시절의 재현이 체육창고 뒤에 있는 분리수거장에서 처음 보는 무리의 애들과 언쟁을 하고 있는 것 같다. 뭔가 좋지 않은 예감이 든다.

여러 개의 손들이 재현을 체육창고 안으로 끌어가고 있었다. 저게 지금 무슨 황당한 상황인가. 여러 소리들이 들렸다. 몸 파는 사람, 매춘부, 창녀 등의 말들이 들렸고 그 속에서 재현은 반항을 하고 있었다. 모든 것이 진짜 꿈인가 하고 의문이 들 정도로 생생한 느낌이었다.

소름이 돋았던 것도 잠시. 난 곧 바로 전력을 다해 재현과 그 무리들에게 달려갔다.

"야, 이 개같은 자식들아!"

재현을 끌고 가는 무리들을 향해 소리쳤다. 그리고 그들의 머리채를 잡으려는 순간 내 손은 그대로 허공을 가로질렀다.

"야, 무슨 소리 들리지 않았어?"

"신경 *끄고* 좀 잘 잡아봐."

이런 개 같은 꿈, 잊고 있었다. 나는 이곳에서 무엇도 할 수 없다는 것을. 아무것도 못하고 보고만 있을 수밖에 없는 이 시간이 버틸 수 없을 정도로 화가 났다. 대체 난 왜 이런 꿈을 꾸어야하는 걸까. 누가 의도적으로 보여주는 것만 같은 기분이 들었다. 이러는 순간에도 재현은 계속해서 속절없이 끌려가고 있었다. 그러나 나는 보고만 있을 수밖에 없었다. 마침내 그들은 모두 체육창고로 들어갔고 나는 밖에서 허망하게 체육창고 철문을 바라보았다. 나는 철문 밖으로 들리는 소리에 귀를 막았고 그대로 눈을 감아버렸다.

다시 눈을 떴을 때, 벌써 어둑해진 하늘에 주홍빛으로 물들여진 노을이 보였다. 아마도 시간이 훌쩍 지난 것 같다.

나는 체육창고를 바라보았다. 저 안에 끌려간 재현이 어떤 짓을 당했는지 상상하기조차 두려워 얼마 동안 제자리에 그대로 서 있을 수밖에 없었다.

얼마나 지났을까 조용했던 적막을 깨고 익숙한 울음소리가 들려왔다. 설마 재현일까.

나는 그렇게 떨어지지 않았던 발을 움직여 곧 바로 체육창고를 향해 걸어갔다. 나는 손을 뻗어 페인트가 다 벗겨져 까끌거리는 체육창고의 손잡이를 잡아당겼다. 기괴한 소리를 내며 문이 열리고, 아닐 거라고 되뇌고 되뇌었던 상황이 눈앞에 처참히 펼쳐졌다.

재현이가 보였다. 단정했던 교복은 벗겨지고 밝혀 지저분해져 있었고 차분히 빗어내려 묶었던 머리카락은 여기저기 엉키고 뜯겨 산발이 되어 있었다. 얼마나 혼자서 눈물을 삼켰는지 우는 소리는 갈라져 들렸다. 이건 꿈이다. 꿈이어서 정말 다행이다. 근데 왜 이렇게 가슴이 아픈지 모르겠다. 아무리 내 친구 재현이지만 꿈일 뿐인데. 꿈인 것을 명확하게 알고 있는데 왜 눈물이 나는지 모르겠다. 양쪽 뺨에서 뜨거운 물이 흘러내린다. 이 눈물은 무엇을 담고 있는 걸까. 재현을 저렇게 만든 주범을 향한 분노? 아님 아무 도움도 줄 수 없었던 것에 대한 미안함? 모르겠다. 그냥 고통스러운 이 꿈이 어서 빨리 끝나길 바랄 뿐이다. 난 또 다시 눈을 감았다.

내가 꿈을 꾸고 있어서 다행이라고 생각했다.

익숙한 천장이 보였다. 색이 바래 누렇게 변해버린 천장을 긴 시간 바라만 보았다. 뺨에선 식어서 차가워진 눈물 자국만이 남아있다. 그렇게 난 꿈에서 벗어났다.

식은땀으로 축축해진 이불을 걷어내고 거실로 나와 정수기에서 차가운 물을 받아 한 컵 마셨다. 그리고 충전기가 꽂혀 뜨겁게 달궈진 핸드폰을 잡고 1번을 눌렀다. 반복되는 연결음. 나는 번호의 주인이 전화를 받기만을 잠자코 기다렸다.

"여보세요?"

시원하고 높은 목소리. 하지만 마냥 밝지만은 않은 피곤함이 묻어있는 소리였다. 재현이었다. 나는 왜인지 모르게 목이 메어 잠시 동안 아무 말도 할 수 없었다. 몇 초간 추스르고 겨우 목에 힘을 주어 입 밖으로 소리 내어 말했다.

"잠깐 만날래?"

나는 그런 꿈을 꾸고 한시라도 빨리 재현의 얼굴을 확인하지 않으면 진정할 수 없을 것만 같았다. 내 갑작스러운 부탁에도 재현은 흔쾌히 수락했다. 나는 곧 바로 손에 잡히는 옷으로 대충 갈아입고 항상 신고 다녀서 더러워질 대로 더러워진 컨버스를 구겨 신으며 현관문을 열어 집을 나섰다.

재현은 마침 집 근처의 카페에서 과제를 하고 있다고 했다. 나는 익숙한 길을 따라 점점 빨라지는 발걸음으로 길거리의 모퉁이를 돌고 돌아 한적한 작은 카페에 도착했다.

딸랑, 경쾌한 종소리와 함께 문이 부드럽게 열렸다. 들어오자마자 맡아지는 기분 좋은 커피 냄새와 함께 따뜻한 공기가 나를 감쌌다. 카페 안쪽 창가 자리에 앉아 있는 어깨까지 오는 긴 생머리의 익숙한 뒷모습이 보인다. 나는 심호흡을 한 후 천천히 창가 자리 쪽으로 다가갔다.

점점 가까워지는 뒷모습, 마침내 인기척을 느낀 재현이 나를 향해 뒤돌아봤다. 꿈 속에서 보다 성숙해진 얼굴의 재현이 꽤 반가운 표정으로 활짝 웃으며 나를 반겨주었다. 테이블에는 내가 좋아하는 생크림을 얹은 아이스초코가 올려져 있었다. 나는 익숙한 듯이 반대쪽 자리에 앉았다.

재현의 얼굴에는 과제로 인한 찌든 피로감이 묻어나보였다. 하지만 특유의 청초한 분위기 때문인지 밝은 이미지는 그대로였다. 우리는 서로의 안부를 묻고 수다를 떨기 시작했다. 나는 아직 꿈의 여파가 남아있었지만 평소처럼 재현을 대했다.

재현의 얼굴을 보고 얘기를 하고 있으니 자꾸 꿈속의 일이 생각난다. 모든 것들이 소름 돋고 생생했다. 재현을 보면 안정될 줄 알았는데 오히려 그 꿈에서 헤어나오지 못하고 있는 것 같았다. 꿈 얘기를 재현에게 쉽게 얘기 할 수 없었다. 그렇게 계속 생각하고 있을 때 상념을 깨는 다급한 목소리가 들렸다. 재현이 나를 부르고 있었다. 얼굴은 못 말린다는 표정을 짓고 있었고 손짓으로 내 쪽을 가리키고 있었다. 내 빨대는 컵에서 빠져나와 있었고, 그대로 테이블에 생크림이 흘러 내려 있었다.

나는 앞에서 황당해 하고 있는 재현을 한 번 보고 머쓱한 듯 웃어 보인 후 자리에서 일어나 카운터로 향했다. 카운터에 가까워질수록 은은한 커피냄새가 진해졌다. 나는 냅킨을 한 움큼 집어서 자리로 돌아왔다. 테이블에 흘러진 생크림을 급하게 닦으면서 머릿속으로는 정신차리자, 라고 반복해서 외쳤다. 그때, 다시 앞에서 명쾌하지만 걱정이 묻어나는 재현의 목소리가 들렸다.

"너 무슨 일 있지?"

눈치 빠른 재현의 눈에는 다 보였나보다. 역시 칠 년이나 보고 살아서 그런가, 재현만큼은 속일 수가 없다고 생각했다. 게르슴한 눈으로 나를 보고 있는 재현에게 나는 별일 아니라고 대답했지만 재현은 끈질기게 나를 추궁해왔다. 나는 말없이 아이스초코 위에 있는 휘핑크림을 휘저었다. 어떡할까, 말을 해야 할까. 어차피 꿈인데 상관없지 않을까.

하지만 꿈 내용도 좋지 않고 굳이 오랜만에 만났는데 안 좋은 이야기를 해야 할까.

그렇게 고민하던 중 잠자코 내가 말해주길 기다리고 있는 재현을 슬쩍 보았다. 오늘 안에 들어야겠다는 표정을 짓고 있는 재현이 있었다. 나는 그 얼굴을 보자마자 말할 수밖에 없다고 생각했다. 나는 할 수 없이 입을 열었다.

나는 꿈 이야기를 차근차근 설명했다. 내 이야기를 조용하게 경청하던 재현의 표정은 점점 굳어져갔다. 어느새 밝고 평안했던 분위기는 무거워져 있었다. 역시 말하지 말 걸 그랬다. 내가 재현에게 사과하려던 순간 재현의 얼굴에서 눈물이 흘렀다. 설마 내 꿈 이야기가 상처가 된 걸까. 갑작스러운 상황에 당황한 나는 아까 전에 생크림을 닦고 남은 냅킨을 재현에게 건네주었다. 그리고 재현이 마음을 추스를 수 있도록 기다려주었다.

사실은 나와 재현은 처음부터 친했던 사이가 아니었다. 나는 어렸을 때 말을 잘 못했다. 부모님은 시간이 지나면 다른 애들처럼 말을 잘 하게 될 거라고 하셨지만 그 말이 무색하게도 나는 초등학교 3학년까지 말을 더듬었다. 선천적인 문제기도 했고 놀림받기 싫어서 말 자체를 안 하려고 하기도 했다.

우리가 친해졌을 때는 서로 만난 지 꽤 많은 시간이 지난 후였다. 과거의 나는 동네 문방구에서 또래 애들이 저지른 도둑질을 덮어쓴 적이 있었는데 마침 그 곳에 있던 재현이 말을 잘 못하는 날 대신해서 누명을 벗겨주었던 사건이 있었다. 그때부터 재현은 친구가 없던 나와 같이 다녀주었다. 재현의 밝은 성격 덕에 말을 더듬는 횟수도 줄게 되었다. 그렇게 우리는 둘도 없는 친구가 되었다.

내가 유독 그 꿈이 끔찍한 이유가 꿈속의 배경이 현실과 일치한다는 것 때문이었다. 실제로 재현의 어머니는 젊은 시절 유흥업소에서 일을 하셨고 재현이는 갑자기 생긴 아이라고 했었다. 재현의 아버지란 사람은 아이가 생겼다는 소식을 듣고 다음날 바로 연락이 두절됐다고 했다. 그렇게 재현의 어머니는 홀로 재현을 키우셨다고 했다. 이런 재현의 가정사를 아는 친구는 나밖에 없었는데 문제는 중학교 3학년 1학기 때 터졌다. 누군가가 재현의 어머니에 대한 소문을 전교에 퍼트린 것이다. 어느 순간부터 재현은 무리에 잘 섞여있지 못하게 됐고, 우리는 순식간에 반에서 소외되었다. 그렇게 우리는 순탄치 못한 중학교 시절을 보냈었다.

그런데 그게 끝이 아니었다니. 나는 하염없이 눈물만 흘리고 있는 재현을 바라보았다. 재현은 내가 힘들 때 누구보다 먼저 알아차리고 곁에서 따뜻한 위로를 해주었던 친구인데 정작 나는 재현이 힘들 때 도움을 주지 못한 것을 생각하니 꿈에서도, 현실에서도 똑같은 곳이 아려왔다. 어쩌면 정말 누군가가 재현이 누구에게도 말하지 못했던 상처를, 죽을 때까지 홀로 안고 가려고 했던 상처를 나에게 꿈을 통해 알려준 게 아닐까.

그렇다면 나는, 그때 재현이 나를 도와준 것 처럼 재현의 상처를 보듬어 주고 싶었다. 가슴속에서 뜨거운 무언가가 올라오는 느낌이 든다. 마침내 나는 고개도 들지 못 하고 울고 있는 재현에게 입을 열어 말했다.

"무슨 일이 있었든 네 잘못 아니야. 넌 소중한 존재야."

얼굴을 파묻고 울고만 있던 재현은 고개를 들어 나를 보더니 고맙다는 말을 반복해서 했다. 재현은 말을 하면서도 울음은 그치지 않는지, 발음은 뭉개져 들렸지만 그 안에 담긴 재현의 많은 감정들이 느껴졌다. 고개를 든 재현의 얼굴은 눈물로 뒤덮여 있었고, 재현 자신도 주체할 수 없어 보였다. 재현은 끊임없이 흐르는 눈물을 손등으로 닦아내면서 자꾸만 흘러내리는 머리카락을 귀 뒤로 넘겼다. 소리는 크진 않지만 재현이 감추고 감춰왔던 그 모든 상처와 두려움이 눈물로 씻겨져 내려가고 있는 것 같았다.

시간은 하염없이 지나있었다. 언제부턴가 카페 안의 사람들은 우리를 쳐다보며 수군대고 있었다. 그러나 내 눈에는 재현밖에 보이지 않았다.

어쩌면 재현은 누군가 자신의 상처를 위로해주길 기다리고 있었던 게 아니었을까. 그런 재현의 간절한 바람에 누군가가 나에게 그런 꿈은 꾸게 만들었던 걸까. 웃음이 나왔다. 제정신으로 생각하기엔 너무나도 허상에 가까웠기에.

나는 흘러나오는 헛웃음을 삼켰다. 그리고 어깨를 들썩이며 울고 있는 재현을 바라보았다. 뭐가 됐든 그 알 수 없는 꿈을 통해 재현이 홀로 감당해야 했던 상처를 위로해줄 수 있었으니까, 다행인 건가.

재현의 표정은 처음보다 훨씬 편안해 보였다. 웃는 건지 우는 건지, 어딘가 후련해 보이기도 했다. 나는 가만히 앉아 잔잔한 울음소리에 담긴 재현의 이야기를 들어주었다. 우리는 누가 먼저 말하진 않았지만 서로를 의지하고 있었다. 지금 이 시간이 서로를 치유해 주고 있는 기분이 들었다.

나는 고개를 돌려 창문 밖을 보았다. 창문에 아직 닦이지 않은 이물질이 묻어 있는 게 보인다. 나는 냅킨으로 그곳을 닦아냈다. 넓은 창문에 작은 이물질이 묻어 있을 때에는 그 얼룩만 보느라 넓은 창문을 보지 못했는데, 얼룩이 없어지니 창문의 생김새와 그 크기가 눈에 들어오기 시작했다. 낡은 창문 테에 다시 페인트칠을 했는지, 견고해 보이지는 않지만 정감이 갔다. 창문 밖에는 나와 상관없는 사람들이 각자 바쁜 삶을 보내고 있었다. 평범해 보이는 저 사람들도 각자 아픔과 상처를 가지고 있을 것이다. 그 사람들에게도 나와 재현처럼 서로를 위로해주고 치유해줄 수 있는 서로가 있기를. 아직 없는 것 같다면 이 기도가 당신에게 닿기를.

어쩐지 창문 밖의 흐렸던 구름들이 개이고 햇빛이 나는 것 같았다.

가장 보통의 이야기

오혜원

1.

"할머니! 민재가 절더러 줄넘기도 못 넘는 바보라고 했어요!"

민주는 할머니의 허리를 힘껏 껴안으며 밑으로는 저보다 반 뼘은 넉넉히 어린 동생을 매섭게 쏘아보았다. 막 놀이터에서 돌아온 참이었다.

"이씨, 그럼 누나는! 너, 너도 나비도 못 접는 멍청이라고 불렀잖아!"

이에 질세라 민재도 누나를 똑바로 노려보며 성을 참지 못해 씩씩거렸다. 허리에 단단히 묶인 병아리색 띠가 민재의 어깨가 들썩일 때마다 함께 흔들렸다.

"너는 태권도 학원에서 줄넘기 배웠잖아! 나는 처음 하는 거란 말이야!"

거의 눈물을 쏟을 지경인 큰 아이의 고함소리에 작은 아이도 악을 쓰듯 목소리를 높였다.

"너도 미술학원 다녔잖아! 왜 나만 가지고 그러는데!"

"아이고 은석들아, 우째 하루도 조용한 날이 없는고. 똥 강아지들, 이제 투실투실 살쪄가지곤 들지도 못하것네."

민주가 허리에 감았던 팔을 순순히 풀자 할머니는 끙, 앓는 소릴 내며 거실 소파에 힘없이 내려앉았다. 민주와 민재는 내년이면 벌써 초등학교 졸업반이 되는 5학년생들이다. 집은 물론 어린이집과 유치원, 초등학교까지 모두 11년을 한 시도 떨어진 적 없는 이 철천지원수들은 무려 사남매에 어른을 셋 둔 집안의 늦둥이들로, 태어난 이래 집안의 갖은 사랑을 독차지하고 있으면서도 할머니의 사랑을 한 뼘이라도 더 차지하고자 늘상 치열한 경쟁을 벌이고는 했다. 팔도 두 짝, 다리도 두 짝 눈도 두 짝이었으나, 안타깝게도 할머니의 품은 하나밖에 없었다.

"안 그래도 쌍둥이잖아요. 원래 저맘때는 얌전한 게 오히려 이상한 일 아니에요? 얘들아. 들어왔으면 저리 가서 손 씻어야지."

작게 핀잔하는 듯한 목소리는 키가 크고 체격이 다부진 성인 여자의 것이었다. 그의 말이 끝맺음 지어지기가 무섭게 아이들이 바닥을 울리며 요란하게 사라졌다. 티백 끈이 빠져나온 머그컵이 할머니의 앞으로 내려왔다. 그는 위에

걸쳐진 이런 저런 잡동사니들을 슥슥 밀어내고는 이내 소
파의 한 부분이 폭 주저앉았다. 뜨거운 코코아의 김이 흩
어지는 다른 머그잔과 함께.

"녹차냐?"

흰 도자기 바닥 위에서 애매모호한 연녹색으로 일렁이는
물의 빛깔에 할머니는 미간을 주름잡았다. 내용물이 영 아
니꼽다는 듯한 시선이었다.

"카페인이다 뭐다 해서 의사가 못 마시게 하라고 했잖아
요. 겸사겸사 분위기 전환도 할 겸 우롱차로 한 번 바꿔봤
는데요. 안 맞으세요?"

할머니는 더는 들을 것도 없다는 듯 매정하게 말미를 잘
라버렸다.

"떫다. 쓰고 텁텁한 것이… 에잉, 이런 게 어디 차 맛이
냐? 차라리 이 담부터는 내 것도 커피로 가져와라."

민서는 대답 없이 그저 웃음을 머금은 입에 머그컵을 가
져다 대었다. 컵 안에서는 여전히 뜨거운 코코아가 더운
김을 흩뿌리고 있었다.

2.

"나도 미술학원 다닐래."

"안 돼."

자신을 돌아보지도 않고 단칼에 여지마저 잘라버리는 큰 누나를 민재는 한참이나 매섭게 노려보았다. 성격이 무르고 눈물이 많은 쌍둥이 작은 누나나 적당히 매달리면 타협점이 보이는 부모님, 그리고 할머니와는 달리 큰 학교에 다니는 큰 누나는 호락호락한 상대가 아니었다. 민재는 지난 12년간 단 한 번도 큰누나를 이겨본 기억이 없다.

큰누나는 방학 때만 집에 들어온다. 민주는 큰누나가 집에 오기만을 손꼽아 기다리지만 민재는 그것이 너무나도 싫었다. 와중에 큰 학교의 방학은 왜 이리도 긴지, 민주와 민재의 여름방학이 시작하기도 전부터 가을이 올 때까지, 남매의 등하교와 모든 생활을 전적으로 책임지는 것은 다름 아닌 큰누나였다. 아침이면 아침이라는 이유로, 오후면 오후라는 이후로, 눈 감을 때까지 곁에 딱 붙어있는 누나가 통 민재는 마음에 들지 않았다. 유학 간 형과는 다르게 말투며 표정 하나하나까지 무미건조한 누나를 보고 있노라면 꼭, 감시카메라나 보모 로봇을 대하고 있는 것 같았다. 물론 부모님께 말씀드려보지 않은 것은 아니었다.

'차라리 할머니가 해주면 안 돼?

'할머니는 아프시잖니. 우리 민재 다 컸지?'

항상 건강하게만 보이시는 할머니의 어디가 그렇게 아프

시다는 건지. 민재는 도무지 이해할 수 없었지만, 그래도 할머니 할아버지들을 힘들게 해서는 안됐다. 부모님의 말씀이 옳았다. 민재도 그 정도 철은 들어 있었다.

"그치만 누나… 민주 누나도 미술학원 다니잖아. 그리고 누나도 다녔었다고 했잖아. 나 태권도 그까짓 거 안 다녀도 돼. 응?"

접시에서 물을 탁탁 털어내는 큰누나의 어깨는 저만치 높이 있어서, 꼭 더 이상 보채면 크게 꾸중을 듣고 말 것만 같은 두려움을 불러일으켰다. 민재는 누나들이 참 싫었다. 민재는 또래 친구들에 비해서도 적게는 한 뼘, 많게는 머리 하나 이상으로 작은 축에 속했다. 그러나 누나들은 달랐다. 큰누나는 과거에 선수를 목표로 운동했으리만치 튼튼한 다리와 훤칠하게 뻗은 기럭지를 타고났고, 작은누나 역시도 또래에 비해 큰 체격으로 한두 학년 위의 아이들과 견주어도 절대 뒤지지 않았다. 먹기는 또 얼마나 먹는지 24시간을 붙어 생활하는 민재 몫의 간식의 반절은 민주의 뱃속으로 들어갔다. 비록 키가 크는 속도는 예전만 못해도, 전체적인 체격만큼은 뒤지지 않게 쑥쑥 커지고 있는 민주를 볼때면 민재는 괜시리 속이 쓰려왔다.

"최민석."

큰누나의 목소리나 민재의 머리 위에서 유독 낮게 울렸

다. 민재는 고개를 들었다. 어린아이 특유의 예민한 감으로 민재는 돌아올 큰누나의 답을 확신했다. 이것은 처음부터 안 될 일이었다. 큰누나는 흠뻑 젖은 고무장갑을 거칠게 벗겨내고는 주방 한 구석 다소곳이 걸린 타월에 거칠게 손을 비볐다. 굳은살로 다져진 큼지막한 두 손이 오늘따라 무시무시해보였다.

"안 된다면 안 되는 거야. 차라리 피아노로 생각을 바꾸면 너 하는 거 봐서 부모님께 말씀드려볼게. 미술은 안 돼."

씹는 단어 단어가 일말의 여지도 없이 단호했다.

다시 말하자면, 민서 누나는 한때 체육대학 진학을 목표로 하는 체육 특기생이었던 전적이 있는 사람이다. 초등학교 고학년쯤이 되면, 쉬는 시간은 언제나 남자친구들의 무용담으로 시끌벅적하다. 개중에는 다소 허황되고 자극적인 이야기도 다수 포함되어 있다. 엄마를 이겼다는 둥, 형아누나를 울렸다는 둥… 여자 아이들은 일반적으로 남자 아이들보다 성장이 빨라서, 저학년까지는 여자 아이들의 키가 상대적으로 큰 편이지만, 시간이 지나면 어느새 전세는 역전되어버린다. 민재의 반도 그래서, 이제는 자신의 여자 형제들과 어깨를 나란히 할 수 있게 되었거나, 벌써부터 훌쩍 넘어서버린 친구들도 여기저기 생겨나고 있다. 유치원에 들어갈 적부터 태권도를 다닌 민재는 같은 학교에서 태권도를 다니는 모든 친구들 중에 가장 품띠가 높다. 키는 작아도 오기가 있어서 절대 또래 친구들에게 싸움으로는 뒤지지 않는다. 그러나 민재는 자랑할 것이 아무것도 없다.

큰누나는 한 번도 민재와 민주를 때린 적이 없지만 체육관을 오랫동안 다닌 민재는 싸움에 있어서 유리한 사람의 조건 정도는 한 눈에도 파악할 수 있었다. 더더군다나 큰누나는 민재가 다니는 체육관의 관장님보다도 더욱 키가 컸다. 가끔씩 민재와 비슷한 부류의 아이들이 있다. 또 그런 아이들의 입에서 나오는 자랑거리는 대체로 뻔하다. '우리 형아가 더 세' 그럴 때면 민재는 속으로 코웃음쳤다. 아마 우리 큰누나가 더 셀걸, 그럼에도 구태여 입 밖으로 꺼내지는 않는다. 자신이 누나보다 약한 것을 인정하는 꼴이었기 때문이다.

큰누나는 정말로 민재의 인생에 조금의 도움이 되지 않는 사람이었다.

3.

민서는 B 사범대에 한 해를 꿇어 입학하게 된 1학년생이다. B대학은 민서의 본가가 있는 A시에서 시외버스를 타고도 서너시간은 족히 걸리는 거리에 위치한 B시에 있는 학교로, 학기 중의 민서는 기숙사를 이용하거나 근처의 빌라 촌에서 적당한 방을 구해 자취하는 식으로 학교에 다니고 있다.

방학이 오면 민서는 가족이 있는 A시로 돌아간다. 민서의 친구들은 이 시기에 학비를 벌거나 경험을 쌓기 위해 아르바이트를 구하거나, 부족한 학습을 보충하기 위해 학원에 다니지만 민서의 시간은 조금 다르게 흘러간다. 방학이 오면 민서는 엄마가 된다.

"누나, 나도 미술학원 다닐래."

낮 동안 퉁퉁 불은 라면이 반쯤 담긴 냄비를 덜그럭거렸다. 누런 양은 냄비의 무게가 꼭 납덩이같이 팔을 아래로 끌어내린다. 민재와 민주는 한창 자랄 시기라 그런지, 먹는 양이 남다른 편이다. 아침 점심 저녁을 꼬박꼬박 챙기고도 후식과 간식, 야식까지. 다행히 두 꼬맹이가 학원을 다니기 시작하면서 민서의 부담은 많이 줄어들었지만 저가 저지르지 않은 일의 수습이라는 것은 여전히 지치는 것이었다.

"안 돼."

"왜…."

"너, 이미 태권도 학원 다니지? 학원은 한 사람당 하나씩만 다니는 거야."

"찬영이는 바둑 학원도 다니고 영어 학원도 다니는데."

민서는 그만 깊게 한숨을 쉬어버리고 말았다. 저들끼리 싸우는 것도 귀찮아 죽겠는데, 보채는 것은 딱 질색이었다. 지방에서 농장을 운영하시는 남매의 부모님은 주말에나 잠시 얼굴을 비추는 정도여서, 집에 남겨진 가족들에게 있어서 민서는 가장이자 모든 일을 책임져야 할 어른이었다. 민서의 적성은 중요하지 않았다. 가족은 본디 서로 모자란 부분을 메꾸어 살아가는 법이니까.

3년 전 여름, 반도 남쪽을 휩쓸고 지나간 태풍의 여파에 항상 건강하실 것만 같던 할머니의 치매 판정까지. 집안의 수입은 돌에 맞아 큰 구멍이 뚫린 장독마냥 갑작스럽게 위태로워졌다. A 체대를 목표로 공부하던 민서가 갑작스럽게 전공을 바꾸어 B 대학에 진학한 것 역시 같은 이유였다. A 체대 입시를 강행하는 것은 부모님에게 있어서 너무나도 큰 부담이 될 일이었다.

사실 이 일에는 잘 들추어지지 않는 뒷배경이 존재했다. 독일에서 피아니스트를 목표로 공부중인 둘째 아들 민규가 바로 그 사정이다. 민규에게 들어가는 한 해의 학비는 민서의 두 배 꼴인데, 이것은 한국에 사는 나머지 삼남매와 부모님, 할머니의 생활비에 준하는 금액이다. 만일 민규가 유학을 포기하고 한국에 남았더라면, 민서의 이야기는 조금

달라졌을지도 모른다. 어렴풋이 민서는 눈앞의 응석받이 민재에 어릴 적 자신을 겹쳐보았다. 민서가 운동을 처음 시작한 나이도 민재와 크게 멀지 않은 나이쯤이었을 것이다.

민서는 처음부터 '그저 좋아서' 운동을 시작한 케이스였다. 그저 여자아이라면 몸을 지킬 호신술 하나는 배워야 하지 않겠니. 요즘은 딸들도 운동 많이 시킨다더라. 키가 커야 팔다리가 길쭉길쭉, 모델같이 보이지. 하나같이 이제는 귀를 닫고도 줄줄 욀 지경이 되어버린 말들. 어쩌면 정말로 민서가 체육인이 되고자 했던 것은 언제나 앞장서서 딸의 존재를 해명해야만 했던, 그러곤 했던 부모님에 대한 반항이었을지도 모른다.

그렇다면 민규는 어땠을까. 정말로 피아노가 좋아서 선택한 길일까? 민서는 처음으로 긴 이야기 한 번 나누어 본 적이 없는 동생과의 소원함이 아쉬워왔다. 차라리 다른 집들마냥 요란하게 한 번 싸우기라도 하면 좋았으련만.

'그치만 누나… 민주 누나도 미술학원 다니잖아. 그리고 누나도 다녔었다고 했잖아. 나 태권도 그까짓 거 안 다녀도 돼. 응?'

칭얼거리기는 민재의 목소리가 귓전을 때릴 때면, 민서는 은근한 불쾌감을 느껴야만 했다. 사남매가 하필 둘씩 나이 터울이 있기 때문이었을까, 민서는 꽤 자주 쌍둥이 동생들에게 자신과 민규의 모습을 투영하고는 했는데, 때때로 민서의 마음을 야금야금 갉아먹곤 하는 이것은 철없는 막내 동생에 대한 분노라기보다는 민규를 향해 채 표출하지 못한 제 자신의 마음의 소리에 가까운 종류의 것이기도 했다. 그까짓 학원, 그냥 다니면 안 되나. 민재에 비해 한참이나 마음 여린 민주한테 그 한 수 져주기가 그렇게 배알이 꼴리는 일이든가. 할 수만 있다면 자신도 당장에 민재가 학원을 옮기게 하고 그놈의 체육관, 차라리 자신이 다녀버리고 싶었다.

누구는 그까짓 체육관 때문에…… 그러나 민서는 아홉 살 어린 동생에게 감정을 표출할 만치 미성숙한 어른도 아니었으며, 무엇보다도 권리를 주장하지 않았던 과거의 자신쯤은 이미 오래전에 마음에서 털어내 버렸다. 나 참, 무슨 생각을 한담. 덜 씻긴 스텐 국그릇이 언뜻 민서의 초라한 얼굴을 비추었다.

"최민재."

자신도 모르는 새 낮게 가라앉은 목소리에 바보같이 흠칫 놀라고 말았다. 감추고 싶었던 것을 들킨 사람마냥 수치스러움에 얼굴이 약간 붉게 달아올랐다. '어른답게, 어른답게…' 민서는 손에서 고무장갑을 벗겨내며 천천히 심호흡했다. 벗을 때는 축축하게 달라붙던 것이, 벗어놓고는 도리어 기분 나쁘게 번질번질하여 힘없이 묵직하게 떨어지는 감각은 묘한 것이었다. 좌측 행거에 고무장갑을 포개어 걸고는 떨어지는 물기를 행주로 슥 닦았다. 한참이나 돌아오는 답이 없자 긴장했는지 민재는 어느새 민서로부터 주춤 멀어져 있었다.

"안 된다면 안 되는 거야. 차라리 피아노로 생각을 바꾸면 너 하는 거 봐서 부모님께 말씀드려볼게. 미술은 안 돼."

아이에게는 죄가 없다.

4.

"안녀하세여! 민주에여!"

"민주야, 입에서 사탕 빼고 얘기해야지."

"안녕하세요! 민주예요."

민주는 물고 있던 딸기맛 츄파춥스를 손에 들고는 방긋 웃어보였다. 토실토실하니 발그레한 두 뺨과 앞니가 하나 빠진 함박웃음이 아이다웠다.

"오빠 하나 온 게 그렇게 좋더냐? 요 기집애, 아주 그냥 헤벌쭉해져가지곤."

민주가 거스름돈을 받아 노점상에서 등을 돌리기가 무섭

게 심술궂은 장난을 뱉는 할머니의 입가에도 오랜만에 웃음꽃이 한가득 피어나고 있었다.

올해에는 꼭, 다음 달에는 꼭, 번번이 약속을 파토내곤 영상으로 미안하다는 말을 번복할 뿐이던 오빠가 마침내 한국으로 돌아온 것이다. 구름 한 점 없이 파아란 가을 하늘은 높았고, 한 층 선선해진 바람에 따듯한 갈빛으로 무르익은 공원은 부드럽게 물결쳤다. 저 멀리서 유쾌하게 손을 흔드는 민규가 보였다. 민주도 손을 한껏 높이 흔들며 마주 인사했다.

민주는 올 봄 생일 선물로 받은 빨간 자전거의 페달을 오늘에야말로 확실하게 밟아줄 생각이었다. 민주가 두발 자전거를 탈 줄 몰랐기에, 주인도 없이 집 앞에 그저 방치되기만 하던 자전거도 신이 났는지, 오랜만에 햇빛을 받아 반 년 먹은 물건답잖게 새 것처럼 반짝거렸다. 민주는 그것이 몹시 마음에 들었다. 집에 있는 자전거는 총 네 대, 민주의 빨간 자전거와 민주보다 몇 년 먼저 산 민재의 파란 자전거, 민규 오빠가 중학생 때 타던 가장 비싼 자전거, 마지막으로 아버지가 옛날에 타셨다는 낡디 낡은 짐 자전거. 그 중에서 가장 저렴하고 작은 자전거는 단연 민주의 것이었다.

민재가 열 살 때 생일 선물로 아버지께 받은 파란 자전거를 자랑했을 때, 민주는 얼마나 배가 아팠는지 모른다. 나도 열 살인데, 민재가 열 살이면 나도 똑같이 열 살인데. 민주는 그 해 민주만한 인형집을 선물받았다. 아마도 둘 중 더욱 비싼 것은 민주의 선물이었을 것이다. 민주는 한 번도 집에서 인형을 가지고 놀았던 적이 없지만 아버지는 한동안 뿌듯하셨는지 어느 사람에게나 민주의 인형집 이야기를 꺼내며 나도 어쩔 수 없는 딸바보인가 보다, 너스레를 떨곤 하시는 것이었다. 민주는 아버지의 말에 사족을 붙이려다 말았다.

민주에게 자전거를 선물한 사람은 다름 아닌 큰언니였다. 물론 민주의 생일에 큰언니는 집에 있기는커녕 그 하루 잠시 다녀가지도 않았지만, 그 대신 자전거 매장 직원이 초인종을 울렸다. 부모님은 자전거를 탈 줄도 모르는 애한테 뭐 이런 돈을 썼느냐 핀잔하셨지만 사실 현관에 떡하니 묶여있는 민규와 민재의 자전거에 비하자면 그렇게 비싼 물건도 아니었다. 부모님의 잔소리도 곧 그쳤다. 몇 달 뒤 집으로 돌아온 큰언니는 자전거를 보고도 별 말을 붙이지는 않았다. 그냥, '자전거 타는 법은 배웠니' 어느 땐가 지나가듯 '자전거 타는 법은 배웠니' 물었을 뿐. 큰언니가 자전거를 다시 언급하는 일은 없었다.

민서에게 자전거를 배울 수도 있었겠지만, 어째서인지 민주는 딱히 그러고 싶은 마음은 들지 않았다. 외국에 있는 오빠에게 굳이굳이 '빨리 와달라' '빨리 와서 자전거나 가르쳐주라' 칭얼거린 것은 단지 그 이유였다. 말수가 적고 무뚝뚝해 다소 우울한 분위기를 풍기는 큰언니와는 대조되게도, 민규는 특유의 쾌활하고 극적이리만치 긍정적인 성격으로 동생들의 마음을 샀다. 그렇기에 비록 자주 볼 수는 없는 형편이었어도, 민주는 오빠가 퍽 좋았다. 비교할만한 상대들의 조건이 썩 훌륭하지 못한 이유도 한 몫 했겠지만.

"어, 어어! 넘어진다!"

"꽉 잡고 있다니까! 쭉 밟아, 쭉!"

저런 거짓말쟁이! 뒷말을 잇기가 무섭게 민규의 목소리가 멀어져갔다. 위태위태하게 흔들리는 자전거의 몸체를 지탱하기 위해 민주는 더욱 힘차게 페달을 밟았다. 일찍이 민규가 그리 오래 지나지 않아 자전거를 놓을 것을 예감한 민주는 저 멀리 정자에 앉아 손주들을 지켜보고 있는 할머니에게 도움의 눈빛을 보냈으나, 할머니는 두 손을 가로놓으며 '알아서 해결하라'는 선명한 의지를 표했다. 매정한 할머니. 처음부터 민규의 지탱이 그렇게 든든했던 것도 아니었지만, 분명 있는 것과 아예 없는 것의 차이는 컸다.

"오빠! 나 보고 있어? 오빠!"

돌아오는 답은 없었다. 그 잠시 사이에 화장실이라도 갔는지. 민주는 이때만큼은 진심으로 민규를 원망했다.

결국 자전거는 한바탕 요란한 소리와 함께 균형을 잃고 고꾸라지고 말았다. 채 빠져나오지 못한 다리가 반대쪽 다리와 자전거의 압력에 의해 짓뭉개졌다. 잠시나 얼떨떨하게 그 자리에 주저앉아있던 민주는 이내 자신의 무릎을 내려다보았다. 무릎에서부터 정강이까지 쭉 희게 벗겨진 피부는 방울방울하다 못해 어느새 펑펑 샘솟기 시작한 피로 붉게 물들어 있었다. 민주의 얼굴이 일그러졌다.

민주는 절뚝거리는 다리를 이끌어 걷기 시작했다. 오빠가 사라졌다. 조금 전까지만 해도 여기에 있었는데. 설움 섞인 눈물이 뺨을 타고 콧물과 섞였다. 짭짤한 맛에 민주는 히끅, 숨을 한껏 들이쉬었다.

"오빠!"

그 잠시간에 오빠는 화장실에 다녀온 모양이었다. 저 멀리 공중화장실 방향에서 어슬렁 어슬렁 바지춤을 정리하며 걸어오는 민규가 보였다. 민주는 터지는 울음을 참으며 다시 한 번 젖먹던 힘까지 쥐어 짜내 소리쳤다. 사태의 심각성을 파악한 것인지, 아니면 저 멀리서도 새빨갛게 보일 민주의 다리가 그제서야 눈에 들어온 것인지. 민규의 걸음이 서서히 빨라지기 시작했다. 그러나 그마저도 한시가 급한 민주의 눈에는 여전히 게으름을 피우는 것 마냥 느려보이기만 했다.

"민주야! 넘어졌어? 다리가 왜 이래? 까진 거야?"

눈치없이 뒤늦게 달려온 민규가 놀란 눈으로 다그치듯 물었다. 철없는 동생에게서 잠시 벗어나 혼자만의 시간을 보내는가 했더니만 어찌된 봉변인지.

"오빠가 잡고 있겠다고 했잖아! 책임져!"

민주는 악을 썼다. 눈물이 다리에서 흐르는 피보다도 더욱 아프게 쏟아졌다. 민주는 창피한 줄도 모르고 한참이나 그렇게 울었다.

"나 집에 갈래."

민주가 선언했다. 여전히 토라진 표정이었으나 그래도 오빠에게 말대꾸를 할 여력은 회복한 모양이었다. 내심 안도의 한숨을 내쉰 민규는 민주를 어르고 달래 등에 업고는, 할머니를 불렀다. 한창 자신의 삶을 즐기기에도 모자랄 나이에 열한 살 어린 동생과 반나절을 보내기란 참으로 쉬운 일은 아니었다. 스스로 돌아보아도 대견할 다름이었다.

"할머니! 이제 집 가셔야죠!"

그러나 돌아오는 대답은 없었다. 기묘한 불안감이 스멀스멀 기어올랐다. 민주가 처음 들뜬 얼굴로 자전거에 올라탈 때에, 할머니가 어디에 계셨든가?

순간 민규는 자전거를 놓았을 때에 정자를 기억 속에서

떠올렸다. 할머니가 보이지 않았다. 민규의 손이 다급하게
휴대전화의 다이얼을 눌렀다.

5.

어느새 해는 저 먼 아파트 단지 사이까지 떨어졌고, 힘있
게 비추이던 노을빛마저 다 이운 하늘은 검푸랬다. 이제는
인정할 때였다. 순임은 길을 잃은 것이다. 어서 일어나 행
인을 찾아야만 했다. 집으로 가는 길을 물어볼 작정이었다.

"아저씨, 여기서 OO 미장원까지는 어떻게 가야하는지 아
시나?"

"예에? 잘 모르겠는데요! 이 동네에 미용실이 있었나? 잘
못 아신 거 아니에요? 저어, 저기 빨간 점퍼 아저씨한테 한
번 물어보세요!"

선글라스를 들어올리고 눈썹을 팔자로 찌푸린 아저씨는
말을 채 끝맺지도 않고는 매연을 뿜는 차와 함께 시야에서
사라져버렸다. 순임은 황당한 눈으로 멀어져가는 차의 뒷통
수에 궁시렁거렸다. 인정머리 하고는… 곧이어 앞을 지나간
젊은 남자는 그래도 조금 상냥하게 그의 말에 응해주었다.
역시나 미용실까지 가는 길은 알지 못했지만. 네 번째 차
를 보내고 나서야 순임은 보도블럭 가장자리 디귿자로 박

힌 가드레일에 그만 주저앉아버렸다. 흔들리는 지하철에서도, 만원 버스에서나 어김없이 허리를 곧게 지탱해주던 무릎이었으나 오늘만큼은 다른 것 같았다. 어젯밤 잠을 잘 못 잔 탓, 괜히 바람은 쐬겠다고 손주들에게서 떨어진 탓, 이런저런 불평을 담아 순임은 무릎을 통통 두드렸다. 퇴근 시간까지는 제법 여유가 있었기에 도로는 한적했다.

"여기요, 혹시 농협까지 가는 길 아십니까?"

순임을 부른 것은 한눈에 보기에도 그보다 열댓살은 어려 보이는 장년의 남자였다. 퍽 건강한 축(물론, 그의 나잇대 평균과 종종 오락가락하는 기억은 배제한 결론이었다)에 끼는 순임과는 다르게, 잘 차려입은 정장 밖으로 보이는 목이나 손등 따위로도 충분히 확신할 수 있을 만큼 깡마르고 안색이 나쁜 남자는 지팡이만 짚지 않았을 뿐, 당장 주저앉아도 이상할 것이 없어보였다. 순임은 엉덩이를 조금 들어 자리를 옆으로 옮겼다.

"농협? 아마 이쪽 길로 쭉 가면 나올 것인디… 일단 앉으슈. 그쪽은 대체 얼마나 걸었길래 그래 기운이 없나?"

자신과 같은 처지라는 생각에, 딱한 마음이 동해 자리를 권했음에도 불구하고 도리어 남자는 한 걸음 물러나 손사래를 칠 뿐이었다.

"어휴, 됐습니다. 저야 이제 막 집에서 나온 꼴입니다만,

그쪽이야말로 또 제법 오래 걸으셨나봅니다?"

"그렇지… 뭐, 아무래도 길을 잃어버린 것 같은데 도저히 못찾겠슈. 요즘 집은 다 비스무레한 것이… 쯧, 혹시 00 미장원이 어디쯤 있는지 모르시나?"

순임의 말에 남자는 미간을 찌푸리며 바싹 마른 손가락으로 턱을 문질렀다.

"00 미장원? 어디서 들어본 것 같기도 하고… 00 사거리 앞에 있는 미장원 말씀하십니까? 아니, 그 앞에 있는 미장원은 이름이 다를 텐데요."

남자의 말에 순임은 실망스러운 고개를 가로저었다.

"글쎄, 틀림없는디…"

"이 동네 미장원은 아마도 고 사거리 아니면 없을 겁니다."

순임은 다시 고개를 절레 저으려다 말고 무엇인가 생각난 듯 이마를 짚었다. 미장원… 미장원이….

"그래! 근래 간판이 바뀌었다 들은 것 같기도 한데, 혹, 요래 빨간머리 한 아줌니가 사장님이든가?"

"허, 참. 간판이 바뀔 동안 이름 바뀐 것 하나를 모르셨습니까?"

남자의 괜히 책망하는 듯한 딱딱한 어조에 기분이 상한 순임이 눈쌀을 찌푸리며 한 마디 쏘아붙이려 할 때였다.

멀리서 빵빵! 자동차 경적 소리가 들렸다.

"할머니!"

작은 손녀딸 민주가 목청껏 할머니를 불렀다. 그새 또 울었는지 붉게 물든 둥그런 눈동자는 물기에 젖어있었다.

"얼른 타세요. 민규랑 민재가 밥도 못 먹고 기다리고 있어요."

운전대를 잡고 있는 큰 손녀딸 민서가 무뚝뚝하게 말했다. 아주 순임을 보고 있지도 않고는 저 너머 신호등만을 주시하고 있었다.

"너는 참, 왜 민규 차를 끌고 나오곤 그러냐? 여자애가 부산스럽게시리… 내가 어련히 알아서 들어간다."

투덜거리면서도 순임은 불편한 남자에게 퉁명스럽게 고개를 까딱하는 것으로 인사를 대신하곤, 곧바로 차 안으로 몸을 굽히고 들어갔다. 차 시트의 방향제 밴 묵은내가 훅 끼쳤다. 이 낡은 차는 이전에 사위가 타던 것으로, 재작년 큰 결심을 하곤 새 차를 산 사위가 곧 운전면허를 따게 될 큰아들의 몫으로 돌렸던 것이었다.

"잠깐 정도야 뭐 어때요. 할머니 모시러 나온 건데. 어차피 걔는 아직 면허도 없잖아요."

자전거로 만족하는 듯 보이는 민규와는 달리 큰손녀는 단짝친구들과 차를 렌트해 여행을 가겠다는 목표를 밝히곤

고등학교를 졸업하자마자 면허를 땄다. 민규나 아버지처럼 제 이름을 건 차는 없었지만 여행은 다녀왔으니, 어찌됐든 목표는 이룬 셈이었다.

"할머니 길을 자꾸 잃으시니까 안 되겠어요. 치매에는 책이 좋다는데… 신문이라도 좀 놓을까요."

"할미가 다 늙어서는 어떻게 책을 읽겠냐. 주책도… 그건 애 같은 학생들이나 읽어야지, 오냐, 내 새끼… 왜 이리 불편하게 자누."

민주는 울다 지쳤는지 어느새 할머니 곁에 꼭 붙어 졸고 있었다. 순임은 손녀가 깰새라 조심스럽게 민주의 머리를 토닥거렸다. 민주는 자세가 불편한지 몇 번 몸을 뒤틀더니 이내 할머니 무릎을 배게삼아 쪼그려 누웠다.

"알잖냐. 이 할미 까막눈인 거."

순임은 작게 웃었다.

무릎이 오늘따라 쑤시는 것이 비가 올 것 같다. 재수없는 노인네를 만났다. 오늘 낮이 생각보다 후덥지근했다더라. 순임은 이런저런 이야기를 푸념처럼 늘어놓았다. 민서는 간간히 거울을 통해 뒷좌석을 돌아볼 뿐, 결코 등을 돌리는 일은 없었다. 모범 운전사의 자세였다.

"길 잃어버리셨으면 물어서 오시지 그러셨어요. 걱정했네요. 00 미용실 앞이라고 하면 다들 알아들을 텐데."

"아무도 못 알아듣더라. 그리고 거기 이름 바뀌었다는데 너도 몰랐냐?"

"아, 네. 이번에 와 보니까 바뀌었더라고요. 그래도 그 미용실, 그 자리에 적어도 20년은 넘게 있었는데요? 이 동네 미용실이 그 하나밖에 없잖아요. 설마요… 차라리 바뀐 이름은 몰라도…."

말끝을 흐리멍텅하게 뭉개며 민서는 운전대를 휙 잡아 돌렸다. 핸들의 움직임에 따라 순임의 몸도 이리저리 기울었다. 세 여자를 태운 차가 몇 번을 더 덜컹이길 반복하자 어느새 해는 완전히 떨어지고 휘영청 가로등만이 도로를 비추이고 있었다.

"요즘은 그런 일이 많다잖아요… 인신매매 조직이라든지. 그런 곳에서 할머니들을 많이 고용한대요. 일반인에게 쉽게 접근할 수 있으니까… 세상 참 흉흉한가 봐요."

순임은 구태여 길을 물어본 것은 자신이고, 운전대를 잡고 있었던 것은 행인들이었음을 번복하지 않았다. 그 사이에 민주는 할머니의 가디건을 덮은 몸을 몇 번 더 몸을 뒤집었다. 온종일 민주도 없이 오랜만에 조용했을 민재와 집에 단둘이 있었기 때문일까. 원체 과묵하던 큰손녀는 어쩐 일로 오랜 시간 잔말을 멈추지 않았다. 순임은 손주들의 말을 하나하나 귀담아 듣는 세심한 할머니는 못 되었으나,

그래도 오랜만에 트인 아이의 입을 막을 만치 매정한 사람
도 아니었다. 느릿하게 좌석에 등을 뉘인 순임은 각양각색
으로 번쩍이는 거리의 불빛들에 눈이 부신 눈을 찌푸려 감
았다. 그제서야 비로소 차가 비좁은 마을 도로 위를 달리
고 있음을 그는 느꼈다. 오늘 하루 집에서 있었던 일, 할머
니가 없던 사이 자전거에서 떨어진 민주, 얼마 전 만난 동
창들 이야기. 그때나 지금이나 무엇 하나 다를 것 없는 사
람 사는 이야기들.

차가 주택가 골목길에 자리를 잡자 민서는 따끈하게 빛나
는 헤드라이트를 꺼트렸다. 뒤늦게 뒷좌석을 돌아본 민서는
작은 웃음을 터트리고 말았다. 서로 기댄 채 깊은 잠에 빠
진 순임과 민주의 얼굴은 새삼스레 평온한 것이 서로를 쏙
빼닮아 있었다. 민서는 머리받침대에 가만 뺨을 대고는 그
렇게 잠시간 가족들을 두 눈에 담았다. 매일 먹는 밥 같은
것은 조금 식더라도 아무래도 좋았다.

굿바이, 미스 블랭크

이여름

택시가 교차로를 지나 조금 더 빠르게 달리기 시작했을 때 〈무심 장례식장〉이라고 쓰여 있는 이정표가 보였다. 청주를 가로지르는 무심천에서 이름을 딴 병원, 음식점, 여행사 등이 종종 눈에 띌 때면 어쩐지 낯설게 느껴졌다. 무심(無心)이라는 단어의 울림이 적막하기 때문인지도 모른다. 하지만 장례식장을 알리는 화려한 이정표에서 어쩐지 이질감이 느껴졌을 뿐 이었다. 무엇이 되었든 깊이 생각할수록 멀미가 심해졌다.

머리가 제법 희끗희끗한 택시기사는 룸미러로 나를 힐끔 보더니 말을 붙였다.

"이 길은 이상하게 올 때마다 마음이 어려워지네요."

그의 말은 조용한 택시 안의 적막을 깨고, 잔잔한 척 애써 눌러왔던 내 마음에도 균열을 만들었다. 내가 아무 대꾸도 하지 않자 그는 속도를 조금 줄이며 다시 말했다.

"가끔은 괜찮지 않아도 되는 때가 있는 것 같아요."

유난을 떠는 것만 같아서 룸미러로 눈을 마주치려는 그를 일별하고 창밖으로 시선을 던졌다. 곧이어 장례식장의 입구를 알리는 커다란 입간판이 눈에 들어왔다. 등대처럼 번쩍이는 입간판은 그곳이 장례식장이 아닌 유원지라도 되는 양 위풍당당하게 서있었다. 택시 기사는 더 이상 말을 붙이지 않았고, 택시는 천천히 장례식장 안으로 미끄러져 들어갔다.

이 장례식장에 오는 것은 두 번째다. 삼 년 전 조부의 장례를 이곳에서 했다. 미터기에 뜬 팔천사백 원을 보며 나는 정확하게 오천 원짜리 한 장과 천 원짜리 세 장을 꺼냈다. 평소 같았으면 일만 원 권을 내밀며 잔돈은 괜찮다고 하였을 것이다. 하지만 그렇게 하고 싶지 않았다. 동전 지갑에 있던 오백 원짜리를 옆으로 밀고 백 원짜리 네 개를 꺼내 그에게 건넸다. 가르치려는 듯한 그의 말투도, 삼 년 전과 달리 장례식장이 아닌 웨딩홀처럼 화려하게 꾸며놓은 이곳도 마음에 들지 않았다.

무엇보다 마음에 들지 않는 것은 내 옷차림이었다. 그래, 차라리 이곳이 웨딩홀이었으면 오히려 잘 어울렸을 법한 옷차림으로 이곳까지 왔다는 사실이 민망하게 느껴질 지경이었다. 버튼이 네 개 달린 재킷에 커프스까지 한 차림새였다. 유난히 반질반질한 구두는 발을 조여왔다. 장례식장 입구 앞 벤치에 앉아 구두를 벗었다. 꽉 조이는 구두를 벗어난 발 위로 바람이 천천히 지나갔다. 탄력도 없고 습기도 없는 가을바람이었다.

그래, 실은 오늘 오후까지만 해도 완벽에 가까운 하루였다. 가까운 것이 아니라 작은 각도의 오차도 없이 완벽했다. 두 달하고도 보름을 꼬박 준비해온, 건설사의 대규모 온오프라인 홍보 대행의 경쟁 발표를 무사히 마쳤고, 팀원 모두가 용역 수주를 거의 확신할 정도였다. 공모전 개최, SNS 이벤트, 블로그와 서포터즈 운영까지 빈틈없이 준비했기에 걸고 있는 기대가 꽤나 큰 상태였다. 무엇보다 스타트업 기업의 젊은 인력이 가진 아이디어들을 꽤나 마음에 들어하는 눈치의 심사위원을 보며 거의 샴페인을 터트리기 직전이었다. 올해 초에 입사한 갓 스물세 살이 된 직원이 디자인한 기관 굿즈의 시안을 보면서 심사위원들은 거의 감탄에 가까운 반응을 보였으니 말이다. 그리고 아마 원래대로라면 지금 나는 아마 동료들과 술잔을 기울이고 있었을 것이다.

여기에까지 생각이 미치자 오히려 장례식장이 비현실적으로 느껴졌다. 일상에 균열이 생긴 것은 분명했으나 어쩌면 지금껏 인지하지 못했는지도 모른다. 그 균열 사이로 바람이 새는 것을 알아차린 지금에야 겨우 발견한 것이다.

구두를 고쳐 신었다. 이미 발이 부을 만큼 부어버렸는지 "아." 라는 소리가 나도 모르게 튀어나왔다. 발이 아파 엇박으로 구두소리를 내며 장례식장 안으로 들어갔다. 새하얀 대리석이 깔린 로비에는 곳곳에 커다란 텔레비전이 달려있었고, 화면에는 호실을 안내하고 있었다. 오후에 받은 부고 메시지를 몇 번이나 보았지만 다시 한 번 이름과 호실을 확인했다. 어떻게든 객관적으로 의식하며 나는 부고의 주인 이름 석 자를 곱씹었다.

3층 빈소에 올라가니 이미 사람들로 북적이고 있었다. 몇 몇은 가져온 근조기를 잘 보이는 곳에 세우고 사진으로 찍었다. 표정에서 슬픔이든가 아쉬움은 전혀 묻어나지 않았고, 그저 사랑의 교회 청년부나 국제 로타리클럽 등라고 수놓인 조기가 어떻게 하면 눈에 잘 띌지를 고민하는 것처럼 보였다. 그리고 갓 배달된 근조화환 몇 개가 어정쩡하게 입구를 지키고 있었다. 리본에는 삼가 고인의 명복을 빕니다가 무성의하게 출력되어 있었다. 하루에 저 리본을 몇 개나 출력할까. 여기에 생각이 미쳤을 때 뒤에서 내 어깨를 잡은 손이 느껴졌다.

"석진아."

몸을 천천히 돌려 뒤를 바라보았다. 옅은 화장기가 있는 어머니였다. 검은 상복을 차려입고, 머리에는 흰 리본이 달린 가느다란 핀이 꽂혀있었다. 귀걸이를 막 **빼낸** 건지 귓불에는 아직 귀걸이 자국이 남아있었다.

"오느라 피곤했겠다. 밥은 아직 못 먹었지?"

무언가 맞지 않는 말이라는 생각이 들었다. 명절에 본가에 내려온 것도, 휴가를 다녀온 것도 아니다.

당신의 둘째 자식이자 나의 동생이 죽었다.

이상하게도 부끄러움이 느껴져 분향소로 발을 옮기자 어머니는 내 손을 쥐며 말했다.

"저녁 먼저 먹어. 배고프지?"

지금까지 이 말을 몇 번이나 들었을까. 너무 다정해서 장례식장이 아닌 퇴근 후의 집처럼 느껴졌다. 일순간 죄를 지은 듯한 감정이 밀려와 어머니의 손을 놓아버렸다. 하지만 모진 말을 할 수조차 없어 겨우

"얼굴만 보고."

라는 말을 했을 뿐이다.

호상소에는 사촌동생이 앉아 조객록을 받고 있었다. 검은 상복을 차려입었지만 어쩐지 모르게 어색해보였다. 품이 큰

지 원래 빼빼 마른 몸이 더 작아보였다. 눈이 마주치자 벌떡 일어나 나를 끌어안았다. 마른 등을 토닥일 뿐 어떤 말이나 다른 행동도 할 수가 없었다.

"형."

가늘게 떨리는 목소리가 빈소 앞에서 허멍처럼 울려퍼졌다. 하지만 알고있었는지도 모른다. 모든 울음은 그친다는 것을, 모든 슬픔은 결국 끝이 있다는 사실을.

사촌동생을 일별하고 겨우 분향소 앞에 섰다. 상주자리를 지키고 있던 아버지는 혀를 차더니 자리를 막차고 일어나 나갔다. 막냇동생은 주춤거리며 일어나 나를 꽉 끌어안았다. 정면에는 너의 영정이 놓여있었다. 최근에 찍은 증명사진이나 제대로 된 프로필 사진이 없었는지 사진은 화소수가 떨어져 웃고 있는지 울고 있는지 알 수 없는 표정으로 나를 보고있었다. 다만 신위를 향해 놓인 흰 국화들이 비로소 정확하게 말해주고 있었다.

오늘 너의 죽음에 대하여.

*

검은 상복을 입고 빈소가 아닌 식당 한 쪽에 쪼그려 앉았다. 아버지는 돌아오지 않았고, 나는 빈소를 지키고 싶지 않았다. 그저 아무 생각도 하고 싶지 않았다. 죽음이라든가 이 죽음 후의 일들에 대해 생각하는 일은 어쩐지 엉터리 같았다. 순간 내 등을 후려친 사람은 할머니였다.

"왜 여기 있어? 서울서 일하는 사람이. 무슨 잔치 났다고 일하는 사람이 여기까지 내려와? 저 년은 끝까지 말썽이지. 부모 속 다 뒤집어놓고 부모보다 먼저 가는 년이라니. 둘째 년이 네 반만 닮았어도. 계집애는 이래서 쓸 데가 없다니까. 쯧."

너는 둘째였다. 도청 공무원인 아버지와 전업주부인 어머니 사이에서 내가 태어나고 세 해 뒤에 네가 태어났으니 너는 둘째였다. 나는 첫째로 불리는 일이 없었다. 장남이었고 장손이었다. 김 사무관의 학생회장 장손이었고, 방앗간집의 대통령감 손자였다. 하지만 자식이 둘인 집의 둘째를 굳이 막내라고 부르는 일이 거의 없듯, 너는 내도록 둘째였고 막내인 일이 없었다. 그리고 네가 유치원에서 배운 율동을 집에서 어설프게 출 때쯤, 내가 초등학교에 입학하던 해에 막내 지민이 태어났다. 지민은 셋째였으나 나와 마찬가지로 셋째로 불린 일이 없었다. 김가의 사랑스러운 막내 도련님으로 자랐다.

하지만 너는 그냥 둘째였다. 석진이 동생이든가 지민이 누나나 정도로 불렸지만 정말 이따금이었다.

사람들은 종종

"석진이 옆은 누구야? 석진이 여동생도 있었니? 아휴, 무슨 남매인데 오빠가 더 예쁘게 생겼니."

라고 웃었다. 나는 좀 더 밝은 표정을 지어보였고, 나이를 조금 더 먹은 후에는 얄밉게도 너와 내가 꼭 닮았는데 왜 그러시냐며 농을 던졌다.

가끔은 너를 보며 할머니가 혀를 찼다.

"네가 고추 달고 나왔으면 얼마나 좋았니. 계집애가 못되서 우리 장손 대학갈 때까지 네 애비가 고생하는 건 생각도 안 하고 그러지? 대학 가지 말고 얼른 돈 벌어서 오빠랑 동생 책도 사주고, 학비도 대주고 해야지. 계집년이 무슨 공부냐. 쯧쯧."

라고.

그렇게 너는 이름을 불리는 거의 없었다. 할머니는 둘째 년이라거나 저 둘째 계집애라고 불렀다. 나는 첫째 자식도 첫째 새끼도 아니었고, 지민이 또한 셋째 놈도 셋째 사내 녀석이 아니었다. 너만 그렇게 불렸다. 너만.

"…저 망할 년. 할미를 지 장례에 오게 하는 년이 세상천지에 어디 있냐?"

늙으면 죽어야지라는 말을 입에 달고 다니던 할머니 대신 네가 죽었다. 할머니는 분한 표정으로 자리를 떴다가도 조문객이 오면 둘째 년이 아니라 귀한 둘째 손녀딸이 죽었다는 표정으로 맞이하곤 했다. 그 모습은 이상하게도 오래 전 설을 떠올리게 했다. 서진이 장난치다 빚어놓은 만두를 엎은 적이 있다. 얇게 민 만두피는 아주 쉽게 터졌고 새벽부터 어머니가 준비한 소가 붉게 밖으로 터져나왔다. 아침 일찍부터 시끄럽게 굴던 지민이 못 마땅해 내가 빽하고 소리를 질렀다.

"장난 좀 그만쳐!"

지민이 뾰로통한 표정으로 입을 비쭉거렸다.

"남자는 부엌 들어오면 고추 떨어진다. 거실 저쪽 가서 놀아. 석진이 너도 도울 거 하나 없다. 이런 건 여자들이 하면 된다. 어서 나가."

할머니는 지민에게 아무 말도 하지 않은 채 나를 가볍게 타박했다. 하지만 손 쓸 틈 없는 만두가 퍽이나 야속했는지 식용유를 사러 다녀온 너를 현관에 세워두고 할머니가 쏘아붙였다.

"정신머리 없는 계집애가 동생 돌볼 생각은 안하고 어딜 돌아다녀? 너 와서 이거 치워라. 내일모레 고모들 오는데 만두 싸 보내려면 오늘 밤새 만들어야 할 판이야. 여자애가 돼서 손이 바지런해야지. 얼른 와서 안 치우고 뭐하냐?"

오전 내 만두를 빚었던 너는 현관에 서서 말없이 손톱에

낀 밀가루 반죽을 빼내고 나서야 신발을 벗었다. 어떤 상황인지 모를 테였지만 비닐봉투를 꺼내 터진 만두를 담기 시작했다.

"아휴! 이 멍청한 년!"

할머니는 너의 등을 짝- 소리가 나게 때리며 말했다.

"괜찮은 건 따로 뒀다가 여자들이 쪄먹어야 할 거 아냐?!"

너는 만두를 하나씩 집어 손으로 으깨 비닐봉지에 턱턱 넣어버렸다. 할머니는 기가 막힌 표정으로 너를 보다 "…어디서 저런 년이 나온 거야?"라고 혼잣말처럼 주억거렸지만 그 말을 들은 어머니는 가만히 고개를 돌릴 뿐이었다. 할머니를 말리지도, 너를 위로하지도 않았다. 똑같이 아니 어쩌면 더 비겁한 방법으로 너를 미워했던 것 같다.

나와 너의 사이에는 이름도 없이 죽은 두 명의 아이가 있다. 어머니는 네가 딸이라는 말을 들었을 때, 차라리 앞의 두 아이처럼 뱃속에서 죽여버렸으면 좋았을 거라는 생각을 여러 번 했다고 입버릇처럼 말했다. 네가 태어날 무렵에는 태아성감별이 가능해졌는데 할머니는 내 아래로 생겼던 두 명의 아이 그러니까 너의 언니가 될 뻔한 두 아이를 낙태하게 했다. 네가 태어날 수 있던 건 할머니가 입에 달고 사는 그 돌팔이 의사 때문이었다.

"그 돌팔이가 아들이래서 낳았더니 딸이었어. 망할."

어머니가 낙태를 두 번이나 하고도 다시 너를 가진 이유는 아들을 더 낳아야한다는 할머니의 집요한 괴롭힘 때문이었을 거다. 아마 그때 태아의 성감별을 할 수 없었다거나 너를 가졌을 때 진료했던 의사가 어머니의 두 번째, 세 번째 임신에도 진료를 했더라면 그래서 태명조차 없이 죽은 두 아이가 그대로 태어났더라면 너는 둘째도 아니고 계집년 소리도 조금 덜 들었을지 모른다. 하지만 이름은 아들은 낳아서 효도라하는 의미의 효남이나, 이제 딸 그만 낳고 아들 낳으라는 뜻으로 막년이가 되지 않았을까.

네가 태어나던 날 어머니는 "예쁜 공주님이에요."라는 간호사의 말에 눈이 휘둥그레져서 물었다고 했다.

"아이 바뀐 거 아니에요? 저는 아들을 낳았는데요."

어쩌면 네가 태어난 이후로 나와 어머니는 공범이었던 것 같다. 네가 쌍년이 되는 것으로 어머니는 쌍년이 되지 않을 수 있었다. 그리고 내가 너에게 물 가져와라, 양말 찾아와라 하며 자잘한 심부름을 시키는 것으로 어머니는 아들을 낳았다는 자부심을 조금이나마 세울 수 있었다.

*

부모님은 좋은 인맥은 교회에서 만들 수 있다며 교회에 꽤나 열심히 나갔다. 하지만 초파일이면 할머니와 함께 절에 가서 공양미를 올렸고, 가족의 수만큼 연등을 밝혔다. 연등은 늘 하나라 모자랐는데 그 모자라는 건 너의 몫이었다.

오전부터 어머니가 다니는 교회에서 목사와 교인들이 잔뜩 왔는지 빈소에 찬송가 소리가 들렸다. 너는 어린 시절, 내가 각종 장난감, 학용품, 책 등으로 바꿀 수 있는 달란트를 모으기 위해 열심히 교회에 나갈 때도 시큰둥한 표정을 지을 뿐이었다. 일요일 아침이면 교회에 나가고, 매주 요절을 하나 외우고, 헌금을 하면 두 달만에 원하는 장난감과 바꿀 수 있다고 해도 너는 별 관심이 없었다. 오히려 할머니가 절에 갈 때면 부러 따라나서곤 했다. 너의 손을 한 번 잡아주지 않고 앞에서 성큼성큼 걸었지만 너는 좁은 보폭으로 잘도 따라다녔다.

부모님이 억지로 교회에 데려갈 때면 늘 배가 아프다는 핑계로 화장실에 들어가서 나오지 않았다. 예배가 모두 끝나고 몰래 여자화장실에 들어가 문을 하나씩 두드리며 널 찾을 때에서야 겨우 배슬배슬 웃으며 얼굴을 내밀었다.

식당에서 식판을 든 너에게 사람들은 한 마디씩 했다. 김치를 올려주며 "주일을 잘 지켜야 착한 어린이야. 오빠를 좀 보렴. 주일학교 좀 나와.", 말라비틀어진 비엔나소시지를 두 개 집어주며 "그래도 오늘은 교회 온 게 어디니.", 감자조림을 턱하고 던지듯 내려놓으며 "어린 게 약아빠져가지고. 너 다음부터 예배 안 드리고 숨어있을 거면 밥도 먹지 마.", 콩이 섞인 밥을 한 술 떠주며 "헌금은 했니? 용돈 받는 거 다 쓰는 게 아니야. 헌금도 하고, 십일조도 해야 천국가지."라고 말했다. 여선교회를 담당하고 있는 백 권사가 건더기가 하나 없는 콩나물국을 국자에 푸고 "너 주기도문은 외우니? 주기도문도 못 외우면 넌 천국 못 가. 한 번 외워봐."라고 말했다. 너는 쭈뼛거리며 식판을 든 채 주기도문을 외기 시작했다.

"하늘에… 계, 계시는… 나의, 아니 우리 아버지여…."

백 권사는 혀를 차며 너의 식판에 국을 쏟아부었다.

"그 나이 되도록 주기도문도 못 외우다니. 넌 천국에 가지 못하는 아이가 될 거다."

손에 국물이 튀어 네가 움찔하는 것을 보았으면서도 그녀는 그저 오늘 주일학교에 참석하지 않았기 때문에 요구르트는 줄 수 없다고 말했을 뿐이다.

원수를 사랑하라고 가르치면서도 교회에 나오지 않는 아이는 결코 사랑하지 않는 것이 그들의 방식이라는 것을 잘 알고 있었다. 반대로 교회에 잘 나오기만 하면 사랑을 듬

뿍 받을 수 있다는 사실을 이미 간파한 나는 그들이 원하는 대로 굴었다. 그리고 세상을 쉽고 편하게 그리고 사랑까지 받으며 사는 방법은 많은데 너는 왜 그렇게 멍청하게 사는 지 이해할 수 없었다.

너는 소시지가 듬뿍 올라간 내 식판을 힐끔거리며 우물우물 밥을 잘도 먹었다. 그때 너의 나이 아홉 살이었고 나는 열두 살이었다. 그때의 나는 사람들이 너를 혼내거나 깎아내릴수록 어쩐지 모르게 기분이 좋았다. 네가 혼날 때면 나는 칭찬을 받았고, 너에게 핀잔을 할 때면 나를 치켜세워 줬으니까. 네가 내 눈치를 살피다 내 식판에 있는 소시지로 젓가락을 들이밀었다. 나는 젓가락으로 네 젓가락을 툭 쳐내며 말했다.

"젓가락질도 제대로 못하는 게."

평소와 달리 당황한 기색이 역력한 너의 표정이 낯설어 나는 황급히 요구르트를 내밀었다.

"넌 밥 다 먹었잖아. 난 아직 남았어, 소시지랑 같이 먹을 거야."

배가 불렀지만 억지로 소시지를 입에 밀어넣었다. 지금도 문어 모양을 낸 비엔나소시지를 먹을 때면 아쉬움이 가득 찬 그때 너의 표정이 떠오르곤 한다. 너는 지금도 비엔나소시지를 좋아할까. 어린 시절의 네가 아닌 너의 모습과

취향에 대해 알고 있는 것이 전혀 없었다. 최근에 머리가 길었든가, 아니 단발로 잘랐던 것 같기도 하다. 쌍꺼풀이 한쪽에만 있던 것 같은데 그게 왼쪽이었나, 아니다. 속꺼풀이 있던 것 같다. 네가 죽은 것이 아니라 실종되었다면 아마 가족 중 누구도 너의 인상착의에 대해 말하지 못할 거라는 생각이 들었다. 아니, 네가 사라졌다는 사실 조차 몰랐겠지.

"힘들지?"

예배를 마쳤는지 어머니와 함께 들어온 목사와 교인들이 나에게 저마다 위로의 말을 건넸다. 그들의 말은 상냥했고 따뜻함이 느껴졌지만 단지 그뿐이었다. 진심이든가 슬픔 같은 건 전혀 느낄 수 없었다. 어쩌면 누군가의 죽음 앞에서 마음을 다해 슬퍼하는 일은 거의 불가능에 가까울지도 모르겠다. 아픔이란 타인의 생이 끝나는 것보다 밥을 먹다 실수로 씹은 혀끝에서 더 큰 강도를 느끼는 것이 사람 아니었든가.

교회 로고가 인쇄된 봉투에 담긴 나무젓가락이 앞에 놓였다. 육개장을 한 술 떠먹고 위로의 말을, 김치를 하나 집어 먹고 당부의 말을 하는 것이 반복되었다.

"그래도 집사님 둘째가 착했잖아요."

너의 착한 점을 하나라도 말할 수 있을까.

"그래그래, 눈빛이 얼마나 선했어."

눈을 맞추기 위해 허리를 숙여본 적도 없을 테지.

"둘째가 하나님 계신 천국에서 먼저 기다리고 있을 거니까 힘내요, 집사님."

정말 천국이든가 극락이든가 그런 게 있다면 네가 그곳에 갔을까. 간다하더라도 이 자리에 있는 사람 중 네가 기다리고 싶은 누군가가 있기나 할까.

"네, 다 하나님의 계획하심이 있는 거죠."

순간 신물이 올라왔다. 내가 입을 틀어막고 자리에서 일어나자 백 권사가 어머니에게 던진 한 마디가 내 뺨을 때린 듯 아프게 울렸다.

"둘째가 예뻐서 귀한 딸을 하나님이 먼저 데려간 거죠. 하나님의 뜻이에요, 집사님."

대낮에 횡단보도에서 졸음운전자의 차에 치이는 것이 신의 계획이고, 힘들면 얼굴을 보지 않는 편이 좋겠다고 할 만큼 얼굴이 뭉개진 채 병원에 실려 오는 것이 진정 신의 뜻이란 말인가. 자식이라 부르는 이를 피투성이로 만들어 자신의 곁으로 데려오는 참담한 결과가 정말 사랑인건가.

어릴 적 다녔던 주일학교에서 배운 찬양들이 스쳐지나갔다. 당신은 사랑받기 위해 태어난 사람이라는 찬양을 부르던 때가 기억나자 구역질이 났다. 나는 화장실로 달려가

변기를 붙잡고 억지로 먹었던 밥을 모두 게워냈다. 역한 냄새가 올라왔다. 꺽꺽거리며 토를 하는 내 모습은 처량하지도 안타깝지도 않게 느껴졌다. 그것은 아주 오래전부터 전부 너의 몫이었고, 지금도 너의 몫이 되어버렸다. 지금에 와서 내가 너의 죽음을 목도하고 슬퍼하는 척이라도 하는 것이 부조리하게 느껴질 만큼.

*

둘째 날의 적막한 빈소를 울음소리로 채운 것은 너의 또래로 보이는 여자애들이었다. 사회생활을 시작한지 얼마 되지 않아 정장도, 구두도 그리고 친구의 장례식도 낯선 모습이 역력한. 그 중 하나는 곧 산달을 앞두고 있는지 배가 한참 불러있었다. 조문을 마치고 친구들의 부축을 받아 들어오는데 한참 울었는지 눈가가 붉었다. 밥을 한 술도 뜨지 못한 채 계속 눈물을 훔치자 맞은편에 앉아있던 단발머리인 친구가 장례식에서는 밥 다 먹어주는 게 예의라며 속삭이듯 말하자 겨우 숟가락을 들었다. 밥을 입에 억지로 꾸역꾸역 밀어넣고 있는 것처럼 보였다.

너도 밥을 억지로 먹던 때가 있었다. 또래에 비해 유난히 작고 말랐던 아무리 먹어도 키가 자라지도 살이 찌지도 않왔다. 아버지는 그런 너를 퍽이나 못마땅해 했다. 본인의 마른 몸을 네가 꼭 빼닮아서일지도 모른다는 생각이 든 건 최근의 일이다. 하지만 할머니가 나와 지민에게 매년 한약을 한 첩씩 지어주고, 어머니가 한약을 먹은 후 우리 입에 사탕을 하나씩 넣어줄 때에도 너는 그저 옆에 있을 뿐이었다. 사탕 하나 입에 물지 못한 채. 그 사탕을 너에게 양보했더라면 너의 인생을 조금 달콤해졌을까 궁금해진다.

"밥 좀 많이 먹어라. 친구들 보다 네 키가 훨씬 작지? 아니, 친구가 있긴 하냐, 넌."

너는 속도 없이 웃을 뿐이었다. 태어날 때부터 혀가 없는 것을 아니었을까 싶을 만큼 너는 말수가 적었다. 학교에 입학한 직후에는 말수가 조금 늘었다가 이내 점점 줄어들어 집에서 하는 말이라곤 "안녕히 주무셨어요?"와 "안녕히 주무세요.", 그리고 "잘 먹겠습니다."와 "잘 먹었습니다." 정도였다.

"그리고 언제까지 왼손으로 젓가락질을 할 거냐? 버르장머리 없이."

그날 아버지는 기분이 좋지 않았던 것 같다. 능숙하게 왼손으로 젓가락질을 해서 밥공기를 깨끗하게 비운 너에게 버럭 소리를 질렀다. 그리고 당신의 앞에 놓여있던 접시에서 갈비 한 토막을 들어 너에게 말했다.

"눈 감고 아, 하면 먹여주마."

생선을 먹어야 머리가 좋아진다며 내 숟가락에 생선 토막을 올려주거나 식사시간에 철없이 뛰어다니는 지민을 안고 국에 밥을 말아 떠먹이던 아버지였다. 너에게는 한 번도 그런 적이 없었다. 순간 너의 눈에 생기가 돌았다. 아이들은 알고 있다. 상대방이 자신을 사랑하는지 사랑하지 않는지. 말하지 않아도, 행동으로 표현하지 않아도 정확하게 알수 있다. 단지 자신을 향한 눈에 비친 자신의 얼굴이 어떤 표정을 짓고 있는지 보는 것 하나로.

너는 눈을 감고 입을 크게 벌렸다. 아버지는 화장지를 뽑아 입을 닦아 그것을 너의 작은 입에 구겨 넣었다. 너는 엉거주춤하게 입을 다물다 입에 들어온 것이 갈비가 아니라는 사실을 알았다. 그 자리에서 입에 있는 것을 빼내어도 좋을지 모를 만큼 너는 어렸던 것 같다. 아니 어렸더라면 엉엉 울면서 빼내었을지도 모르겠다. 그 다음은 기억이 나질 않는다. 나는, 지민이는 그리고 어머니는 그때 무엇을 했지? 그날 아버지의 눈에 비친 네 표정을 너는 보았을 거다. 그리고 거기에서 너는 무엇을 느꼈을까.

단발머리의 여자애가 나를 몇 번 힐끔거리더니 조심스러운 목소리로 물었다.

"오빠 분 맞으시죠? 성함이 석진… 오빠?"

고개를 끄덕이자 여자애들이 웅성거렸다. 같이 여행을 다닐 만큼 다정한 사이도, 오빠라고 부르지 않는다며 매일 치고 박고 싸우던 사이도 아니었다. 너와 나는.

그녀들이 나의 얼굴을, 나의 이름을 알고 있다는 사실이 새삼 놀라웠다.

"이야기 많이 들었어요. 서울에서 스타트업하신다고요. 대통령상 받으신 기사도 보여줬는데 저희가 막… 너 오빠랑 하나도 안 닮았다고, 오빠는 너랑 다르게 어쩜 이렇게 잘생겼냐고 놀려도…."

추억을 회상에 젖어있던 목소리가 점점 목이 잠기기 시작해 결국 울먹이기 시작했다. 훌쩍이는 긴 머리 여자애를 토닥이던 안경을 쓴 여자애가 말을 이었다.

"저희보다 더 힘드실 거라는 거 알아요. 기운내세요."

그리고 내 손을 꼭 쥐었다. 그 작은 손에서 온기가 나에게로 번지는 순간 모든 것이 피곤해졌다. 내일이면 경쟁발표의 결과가 나올 것이다. 사업 착수를 위한 준비는 조금 더 타이트한 스케줄 조정이 필요하다. 오전에 발인을 하고 바로 서울에 올라가면 괜찮을까. 아니다. 미리 준비해야 할 서류들이 잔뜩이다.

위로가 필요하지 않은데 지나친 위로를 받고 있는 기분이었다. 미안하지만 너의 어제는 나에게 그저 조금 더 지친 오늘일 뿐이다.

*

　장례식장의 밤은 소란했다. 낮보다 더 밝게 조명을 밝혔고. 술에 취해 노래를 부르는 사람도 고함을 치는 사람도 있었다. 너의 마지막을 보러 오는 사람은 많지 않았다. 겨우 스물여섯 살짜리의 장례에 오는 사람이 얼마나 될까. 중학교 동창이라며 몇 명이 다녀갔고, 고등학교 사진반 동기들이 우르르 몰려왔다갔다. 슬프게도 그네들은 너의 죽음을 애도하기 보다는 오랜만에 만난 서로의 얼굴에 대한 반가움이 더 짙게 느껴졌다. 오늘은 계기로 그들은 조금 더 자주 만나기를 약속했을 것이다.

　상주 자리는 아버지도 나도 아닌 지민이 지켰다. 어디에서 술을 마신 건지 잔뜩 취한 아버지가 돌아왔다. 아버지는 표정이 없었다. 서기관으로 승진하지 못하고 사무관으로 은퇴한 후 아버지는 시간이 날 때면 낚시를 다녔다. 그 덕에 검게 그을린 얼굴이 오히려 생기 넘쳐보이게 했다.

　너의 영정을 우두커니 보던 아버지는 "피곤하다."라는 짧은 말만 남긴 채 빈소 옆에 딸린 가족실로 들어갔다. 마른 세수를 했다. 더 이상 문상 올 사람이 없을 것 같은 시간이다. 식당의 불을 하나씩 끄는데 키가 훌쩍 큰 남자 하나가 들어왔다. 고개를 꾸벅 숙였다.

조문록에 자신의 이름을 쓰곤 상주도 없는 빈소에서 말없이 너의 영정 앞에 무릎을 꿇고 앉았다. 아주 한참을 너의 얼굴을 들여다보며 속삭이듯 무언가를 말하고 있었다. 눈가를 훔치고 나서야 분향을 하고 천천히 두 번 절을 올렸다. 영정 앞에서 물러나와 비어있는 상주자리를 잠시 보다 뒤에 우두커니 서있던 나와 눈이 마주치자 그는 나에게 절을 한 번 하고 천천히 걸어나왔다.

"…친구?"

그가 고개를 끄덕였다. 물이라도 한 잔 마시고 가라는 말에 그가 구두를 벗고 식당 안으로 들어왔다. 과일과 떡을 조금 내었지만 손조차 대지 않고 물을 연이어 마실 뿐이었다. 너의 남자친구인걸까 궁금해졌다. 너에 대해 도통 아는 것이 없었지만 돌이켜보면 너에 대해 궁금해하지 않았다.

"남자친구였어요. 지난달에 헤어졌거든요. 부고 문자를 받고 망설였어요. 제 번호를 지우지 않았는지 제게도 문자가 왔더라고요."

지민이 너의 휴대폰 목록에 있는 사람들 대부분에게 부고 메시지를 전한 것 같았다. 누가 헤어진 애인이고 누가 지금의 애인인지는 알 리 없었겠지.

"처음에는 오지 않으려고 했어요, 헤어진 사이라서. 그런데 안 되겠더라고요. 오는 길은 막히지 않았는데 갓길에 차를 몇 번이나 세웠어요. 자꾸 거짓말 같아서 문자를 계속 확인했어요."

창백한 얼굴이 떨리고 있었다.

"제 첫사랑이었거든요. 제가 좋아해서 엄청 따라다녔어요. 연애를 그렇게 삼 년 했어요."

어쩌면 그가 나보다 너에 대해 잘 알고 있을 거라는 생각이 들었다. 연애를 한 번 해보기나 했을까 싶었던 너는 누군가의 첫사랑이었고 마음을 길게 나눈 애인도 있었다니.

"사실 위로해드리고 싶지 않아요. 아니, 못할 것 같아요. 지금 제 마음이 너무 무거워서… 그럴 처지가 못 되는 것 같아요. 죄송합니다."

그가 눈물을 훔쳤다. 나는 화장지를 몇 장 뽑아 그의 앞에 밀어주었다.

어렸을 때 한 번은 네가 짓궂은 장난을 당한 일이 있었다. 사실 한 번인지 두 번인지 세 번인지 알 수 없는 일이었고, 짓궂은 장난이라는 표현도 너의 치마를 들추고 속옷을 내린 그 남자애 어머니의 표현이었다.

할머니는 "네가 만날 치마만 입고 계집애처럼 굴어서 그렇지. 어린 게 벌써. 쯧쯧."이라며 너를 타박했다.

어머니는 너에게 "그 애가 너 좋아해서 그러는 거야."라
고 말했다. 그 후 네가 만화방 아저씨가 목덜미를 쓰다듬
었을 때도, 학교 미술 선생님이 미술실로 불러 너에게 안마
를 시켰을 때도, 너는 어머니에게 그 일들을 울먹이며 더듬
더듬 말했지만 돌아오는 대답은 한결같이 "네가 예뻐서 그
러는 거야."였다.

"혹시 몰라서 이거 가지고 왔어요."

그가 가방에서 봉투 하나를 꺼냈다. 네가 아주 환하게 웃
고 있는 그림이 들어있었다. 너는 단발머리에 양쪽 눈에는
진한 쌍꺼풀이 있었다. 왼쪽 뺨에는 옅은 보조개가 패여
있었다.

"원래 눈도 더 크고, 코도 더 높고… 더 예쁜데…."

그가 입술을 깨물었다 떼었다. 허리를 깊이 숙여 인사하
고 천천히 빈소를 빠져나갔다. 그의 뒷모습을 한참 바라보
았다. 그리고 그가 가져온 그림으로 영정을 바꾸었다.

어쩐지 그동안 본 적 없는 미소라는 생각이 들었다. 그리
고 아주 낯설게 느껴져 죽은 사람이 너인지 미소가 예쁜
저 여자인지 알 수 없어졌다.

*

새벽부터 할머니는 분주했다. 할머니가 다니는 관음사에서 스님들이 오셨고 아버지는 발인 시간에 교회에서 교인들도 올 거라며 서둘러 끝내달라는 눈치를 보냈다. 어머니는 할머니와 아버지의 사이에서 말없이 자잘한 일을 도울 뿐이었다. 나는 여전히 그 무엇도 하고 있지 않았지만 나에게 무어라하는 사람은 아무도 없었다. 나의 그동안이 그러했다. 아무것도 하지 않아도 괜찮은 장남이었고, 눈치를 볼 필요 없는 손자였다.

할머니는 스님이 목탁을 두드리며 염불을 외기 시작하자 녀의 극락왕생을 비는 양 간절하게 손을 모으고 있었다. 장례식장에서 염불 봉사를 한다는 불자들도 함께 왔기 때문인지 빈소가 꽉 찼다. 할머니는 그네들에게 식사를 잘 대접해서 보내야한다며 어머니에게 눈짓으로 이것저것 시키고 있는 요량이었다. 어머니는 교회에서 가져다준 나무젓가락을 테이블에 놓기 시작했다.

어느새 어머니 곁으로 온 할머니는 어머니의 뒤통수를 때리며 말했다.

"둘째 이 년은 끝까지 뭐하나 제대로 하는 게 없어! 절에서 오셨는데 예수쟁이 젓가락을 내놔?"

할머니가 어머니 손에 들린 젓가락을 잡아채 바닥으로 내던졌다.

그랬다. 너의 안녕을 비는 사람은 아무도 없는 오늘은 너의 발인일이다. 염불은 아주 잠시 멈췄다가 다시 시작되었고, 백 권사를 비롯한 교인들이 스님들을 보고 숙덕거리며 안으로 들어왔다. 아버지는 멋쩍은 표정으로 그들을 맞았다. 오늘이 지나면 너의 이름을 부르는 사람은 없을지도 모른다. 너의 언니가 되지 못한 채 죽어간 아이들처럼 너는 불리지 않는 너의 이름과 함께 오늘 영원히 이곳을 떠난다.

나는 휴대폰으로 온 메시지 한 통을 확인했다.

- 가우디건설의 온오프라인 통합 홍보 경쟁에 참여해주셔서 감사합니다. 접수번호 A-004. 우선협상대상자로 선정되셨습니다. 자세한 내용은 홈페이지와 이메일을 참고하여 주시기 바랍니다.

재킷을 집어들었다. 목을 조이고 있던 넥타이도 느슨하게 당겼다. 구두를 다시 신으며 지민에게 말했다.

"중요한 일이 있어서 가야겠다."

울 것 같은 표정으로 발인을 보고 가야하지 않겠느냐며 내 팔을 잡은 지민의 어깨를 두드리며 말했다.

"미안하다."

어쩌면 그 말은 지민이 아닌 너에게 하고 싶었던 말인지도 모른다. 너의 발인을 보지 않아서 미안한 것이 아니라 너의 죽음이 슬프지 않아서 미안하다.

장례식장을 빠져나와 택시를 잡아타고 터미널로 향했다. 기사가 룸미러로 힐끔 보더니 라디오 볼륨을 조금 줄였다. 기독교 방송이 나오고 있었다.

"우리 다시 만날 때까지라는 찬양으로 번역된 곡이죠. God be With You Till We Meet Again을 마지막으로 청해듣겠습니다. 감사합니다."

음악이 흘러나오기 시작하자 기사가 입을 열었다.

"혹시 굿바이의 어원을 아십니까?"

굳이 내 대답을 들으려 한 질문이 아닌 듯 그가 말을 이었다.

"14세기에 종교인들이 God be with you라며 하던 인사가 현대에 와서 굿바이로 바뀌었다고 하네요. 이 노래처럼요."

라디오 볼륨을 줄여달라는 요청에 기사는 말없이 라디오를 껐다. 옆으로 엊그제 보았던 장례식장의 이정표가 보였다. 그때와 달리 몹시 낡아있었다.

내 친구, 진아엄마

임청명

장마가 지나고 난 후의 여름은 습하지 않아 견딜 만했다. 윤의 집까지 이어지는 언덕에는 모래 먼지가 일었다. 경기도 끝자락에 위치한 그의 집은 사람이 드문드문했다. 낮은 층의 빌라촌 근처에는 간간히 텃밭이 있었고, 허리가 굽은 노인들이 지나다녔다. 걸어다닐 수 있는 길은 단 하나 뿐이었는데 그곳을 느린 걸음으로 천천히 따라가면 맨 구석에 윤의 빌라가 있었다. 아침부터 저녁까지 북적이지 않는 곳이었고 그러면서도 위험하지 않은 곳이었다. 윤의 보금자리는 고즈넉하고 소소했다.

- 사올 거? 없어.

수화기 너머로 들리는 윤의 목소리는 경쾌했다. 지난 주 윤에게 전화가 왔었다. 긴 장마가 시작될 예정이니 하루빨리 김치를 담가야 한다고 했다. 이유는 배춧값이 앞으로 폭등할 것이기 때문이라고 했다. 나는 그에게 웬 한여름에 김치를 담그냐며 투정을 부렸지만, 그래도 오랜만에 윤을 본다는 것은 내심 설레는 일이었다. 나는 죽어도 시간이 없다고 죽는 소리를 해왔고, 윤도 바빠 죽겠다는 말을 입에 달고 살았다.

"김치 담그는 날은 당연히 수육 아니야?"

- 그럼 수육할 거리만 사 와.

"수육 먹을 거지?"

- 응, 진아가 부른다. 끊어.

윤은 황급히 전화를 끊었다. 수화기 너머로 진아 목소리가 들렸다. 윤은 진아를 낳고 아이가 그렇게 조용하고 울지도 않는다며 항상 자랑을 했었다. 그리고 본인은 먹을 것을 환장하게 좋아하지만 진아는 그렇지 않다며, 그 아이는 날 닮은 게 아니라 할머니를 닮았다고 좋아했었다. 오랜만의 진아 목소리가 반가웠다. 수육거리를 사기 위해 마트로 방향을 틀었다. 2차선 도로에 신호를 기다리는 차들을 바라보며, 그보다 훨씬 어렸던 진아와 윤, 그리고 나를 떠올렸다.

오후 시간에 친구와 만나는 일은 오랜만이었다. 퇴사를 하고 몹시 바쁠 줄 알았는데 2년 째 바쁘지도 않고 평온하다. 전 회사는 어차피 대학원 학비를 벌기 위해 들어간 곳이었다. 대학병원에서 근무했었는데 나는 계약직, 그 중에서도 병원 하청업체 직원이라서 야근이란 없었다. 정시 출근에 무조건 정시 퇴근이었다. 매력적인 조건에 일하겠다고 냉큼 나선 지 2년, 그리고 쫓겨나듯 일을 그만두었다. 윤은 그곳에서 만난 동갑내기 친구였다. 그는 시한부 일에 무슨 열정을 쏟냐며 일하는 내내 적당히 하는 법을 나에게 가르쳐 줬다. 그리고 이 일은 직업이라고 칠 수도 없는 하급 노예의 일이라고 혀를 내둘렀다. 그러나 윤은 그 누구보다도 빠르고 정확하게 일을 처리했다. 하지만 그의 직업은 아기엄마였고, 퇴근이 없었다.

윤은 집의 벨을 절대 누르지 말라며 신신당부를 했다. 수육거리를 사들고 그의 집 앞에서 메시지를 보냈고, 메시지를 보내자마자 문이 열렸다. 윤이 나를 맞이했다.

"야, 사올 것도 없는데 왜 이렇게 오래 걸렸어."

"사거리에 있는 국산 유통마트에서 사오느라 늦었다. 애는? 자?"

윤은 거실을 가리켰다. 거실 바닥은 색색의 크레파스 자국이 선명했다. 요즘 크레용은 발색이 좋았다. 내가 자국은 어쩔 거냐며 잔소리를 할까봐 윤은 요즘 기술력이 좋아 다 지워진다고 걱정 말라고 선수를 쳤다. 허리춤에 손을 얹고 한숨을 쉬는 윤은 그럼에도 아이를 보면서 웃고 있었다. 그리고 진아를 들어 거실 가장자리에 펴 놓은 요에 가지런히 내려놓았다. 진아는 파란색 크레파스를 손에 쥐고 자고 있었다.

"저거 봐. 놀다가 갑자기 잠들어서 손에 크레용 쥐고 있어."

윤은 피식 웃으며 내 가방을 소파에 올려두었다. 그리고는 나의 발목까지 오는 원피스를 잠시 쳐다보더니 말했다.

"일할 준비는 하고 온 거지?"

"아니, 먹을 준비만 하고 왔는데."

"미친."

윤은 소매를 걷어 올리고 커다란 대야를 몇 개 가지고 왔다. 나는 윤이 사다 놓은 재료들을 하나씩 확인했다. 물론, 김치를 담가본 적도 없고 방법도 모르지만 고춧가루의 빛깔이나 무의 상태를 꼼꼼히 확인했다. 이런 내 행동에 윤은 어처구니가 없다는 듯 웃었다. 그리고 바닥에 도마와 칼, 그리고 채칼을 내려놓았다. 윤은 대야에 이물질이 묻어 있는지를 확인했다. 눈을 크게 뜨고는 스댕대야에 코를 가까이 대어 냄새를 맡아보기도 하고, 손가락 끝으로 가장자리를 쓸어내리기도 했다. 대야를 바닥에 죽 늘어놓으니 공간이 꽉 찼다. 비좁은 공간에 그득하니 쌓인 대야들은 거실에 발 디딜 틈도 주지 않았다.

윤은 급하게 집을 구하느라 집을 볼 여력이 없었다고 했다. 연차를 내서 혼자 살림살이를 구매하러 다녔을 당시, 그의 엄마가 상의 없이 멋대로 계약한 집이 바로 이곳이었다. 투룸에 화장실 하나, 부엌과 거실이 연결된 15평짜리 집. 윤은 항상 답답하다고 했다. 아무리 급해도 그렇지, 이렇게 비효율적인 집을 고르면 어떻게 하냐며 윤은 툴툴거리다가도 내 처지에 이정도면 감지덕지지, 하며 안도했다. 윤은 가끔 불만을 내뱉었었지만 그것이 그의 엄마에게 먹힐 리가 없었다. 전세금의 절반은 윤이 25살까지 아르바이트로 모은 돈이었고, 명의는 윤이 아니었다.

"너 김장 해본 적은 있나?"

"엄마 따라서 한 번."

나는 어색하게 어깨로 콧잔등을 긁었다. 지난 해 김장하던 날, 채칼로 무를 썰다가 엄지손가락 살점이 다 뜯겨 나갔었다. 그때 엄마는 수육만 먹을 줄 알지 아무런 쓸모가 없다며 엄지손가락에 붕대를 감아주었다. 그때 나는 가족들이 김장을 하는 동안 땅콩 껍질만 벗겨냈었다.

"배추, 몇 키로 샀어?"

"이십 키로."

반으로 쪼개놓은 배추들을 대야에 옮겨 담았다.

"배추 절였어?"

"응. 아까 애 잘 때 후딱 했다."

"절여놓은걸 사지 그랬어."

"몇 만원 더 비싸 그게. 그리고 내가 직접 하는 게 맘 편해."

"그래도 고생이잖아."

"이게 고생이냐?"

윤은 고무장갑을 끼고는 배추 속을 조금 찢어 입 안에 넣었다. 됐네, 됐다. 윤은 혼잣말을 했다. 그리고 김장의 순서를 설명했다. 배추를 둘로 나누고, 밑둥을 칼집 내고, 소금을 치고, 배추를 절이고, 배추를 씻고 물기를 제거하고, 이러한 과정 후에야 비로소 양념을 하는 것이라고 했다. 그게 고생 아니냐고 다시 물어보자 그는 차암내, 하면서 헛웃음을 쳤다. 그러면서 '네가 말하는 고생은 내가 다 해봤어'라며 나를 안심시켰다. 윤은 내가 채소를 들여다보며 이것저것 물어보는 것에 능수능란하게 대답을 해주면서도, 아이 이불을 덮어줘야 한다며 얇은 이불을 들고 대야 사이에 발끝을 세우며 이리저리 오만 방정을 떨었다. 진아가 누워 있던 거실의 가장자리는 곧 햇볕이 들어와 바닥을 내리쬐고 있었다. 아이는 옆으로 누워 고개를 뒤로 한껏 젖혀 새근새근 숨을 쉬었다. 그리고 오른쪽 엄지손가락을 입에 물고는 모든 햇볕을 온몸으로 담아내고 있었다.

"진아, 목 꺾여 죽는 건 아니지?"

"쉽사리 죽진 않던데?"

윤은 허리가 긴 강아지 모양의 베개를 끌어당겨 아이의 목에 받쳐 주었다. 강아지 베개는 매우 헤져서 색이 회색 빛으로 바래있었다. 진아는 노곤한 듯 몸을 쭉 폈다가 다시 웅크리고 새근새근 숨을 쉬었다. 고른 숨소리에 맞추어 어깨가 천장을 향해 올라갔다가 내려오기를 반복했다.

"진아가 여섯 살인데 아직도 손가락을 물고 잠을 자?"

"또 저러고 자네. 냅둬. 나는 일곱 살까지 손가락 빨고 잤대."

윤은 늦게까지 손가락 빨고 자는 애는 본인 이외에 별로 본 적이 없다며, 쟤는 내 딸이 확실하다고 했다. 그리고는 손에 비닐장갑을 끼고 양념을 섞으라고 채근을 했다. 양념은 새우젓갈, 밴댕이젓갈, 매실청, 고춧가루, 청양고춧가루, 멸치액젓, 소금을 적당히 넣으면 된다고 했다. 분주한 윤이 종이컵 계량을 해야 한다며 이리저리 자리를 옮겨 다니며 무언가를 가지러 오고 갈 때, 나는 젓갈들을 물끄러미 쳐다보았다. 밴댕이젓갈이라는 것은 난생 처음 태어나서 보는 물질이었는데 '밴댕이 소갈딱지'라는 말 덕분에 밴댕이를 알게 되었지 실물은 처음이었다. 배가 갈라져 형체를 알 수 없는 물고기들이 짜게 젖어 있었다. 본래 젓갈을 두 개나 넣었나 의문이 들어, 나는 새우젓갈과 밴댕이젓갈을 한 번씩 손가락에 찍어 입에 넣어 맛을 봤다. 짰다.

"밴댕이젓갈인지 뭔지, 이거를 꼭 넣어야 해? 너무 짜잖
아."

"응. 야, 토 달지 말고 그냥 믹서기에 홍고추랑 양파, 생
강 이런 것들 좀 갈고 있어라. 양파 많이 넣으면 김치 빨
리 쉬니까 조금만 넣고."

"몇 개?"

"거기에 있는 거 다 넣어."

윤이 가리킨 곳에는 여러 채소들이 쌓여 있었다. 한아름
만큼의 채소를 보니 덜컥 겁이 났다. 그러거나 말거나, 윤
은 가스렌지에 냄비를 올렸다. 한 쪽에는 찹쌀가루를 풀어
놓은 물이 있었다. 나는 재료가 늘어져 있는 바닥 한 켠의,
아직 껍질을 벗기지 않은 양파 4개를 바라보았다. 양파의
껍질을 깔 때 물에 씻는 것이었나, 아니면 그냥 껍질을 까
고 물에 씻는 것이었나. 믹서기에 갈 때 반 잘라 넣어야
했나, 작게 잘라 넣어야 했나. 사소하게 모르는 것들이 꽤
많았다. 나는 일단 양파를 껍질 채 물에 씻었다. 윤은 찹쌀
물을 냄비에 넣고 나무 숟가락으로 저었다. 자작자작 들리
는 끓는 소리와 찹쌀물 젓는 소리, 진아의 숨소리, 그리고
양파를 까는 소리. 몇 가지 소리만 조용히 집안에 머물고
있을 무렵, 전화벨 소리가 울렸다.

"아, 또 전화를."

윤은 울리는 휴대폰의 액정을 확인하고는 휴대폰을 뒤집어 놓았다. 그리고 계속 냄비 앞에서 찹쌀물을 저었다. 윤은 이런 상황들을 멀건히 바라만 보는 나에게 홍고추, 양파, 생강을 갈고 난 후, 무를 먹기 좋은 크기로 채를 썰라고 지시했다. 먹기 좋은 크기는 어떤 크기인지 윤에게 물어보고 싶었지만, 나는 대충 내 새끼손가락만한 크기가 좋겠다고 생각했다. 식칼을 드니, 지난 번 김장 때 엄지손가락의 살점이 뜯겨져 나갔던 것이 떠올랐다.

"무슨 전화인데?"

"아, 시엄마. 차단을 해도 어떻게든 전화를 하네."

"아직도 연락을 한단 말이야?"

"그러게 말이다. 말이 안 통해. 벽에 대고 이야기하는 것 같아. 지난번에는 나보고 5년만 참으면 지 새끼가 정신차릴 거라고 설득하던데?"

윤은 새끼손가락에 찹쌀풀을 찍어 먹어보았다. 별 맛 없네, 라고 말하며 그 끈끈한 것을 은색 스댕대야에 옮겼다. 3개월 전부터 윤은 남편과 따로 살기 시작했다. 윤이 나와 같은 회사를 다닐 때만 해도 같이 살던 중이었다. 3개월 전, 윤은 나에게 전화를 걸어 별거를 시작했다고 알려주었다. 나는 그에게 드디어 나왔느냐고 축하의 말을 건넸고,

윤은 파티를 열자며 배달시킬 음식 리스트를 나에게 알려 주었다. 조금 신이 난 목소리였는데 그 당시에는 그에게 어떤 일이 벌어졌는지 물어볼 수 없었다. 윤은 남자친구가 군대를 전역하자마자 결혼을 서둘렀고, 남자친구가 곧 남편이 되었다. 그리고 결혼 후 6개월이 지났을 때 진아를 낳았다. 진아가 8개월이 되었을 때부터 윤은 어린이집에 아이를 데려다 놓고 일을 했다. 그게 나와 함께 일했던 그 시기였다.

가끔씩 그는 눈에 안대를 하고 왔었다. 진아가 걷기 시작하고 옹알이를 신나게 할 때 즈음, 아이가 자꾸 발을 헛디며 자신의 얼굴로 떨어진다는 것이었다. 몇 차례 안대를 끼고 온 윤을 보고 우리는 농담삼아 윤에게 진아 버릇이 잘못 되었다며 다 아빠 때문이라고 말했다. 그는 당연하지, 나 닮은 것은 조용하고 침착한 성품 밖에 없어, 라고 말했었다. 윤은 눈에 멍이 들어 온 날도 있었고, 입술이 터져 온 날도 있었다. 회사에서 같이 일을 할 때, 평온한 날은 잘 기억이 나지 않는다. 윤은 아이와 함께 어쩌다 알게 된 싱글맘 친구의 집에 3개월 쯤 얹혀살기도 하고, 윤의 친정집에 반년 쯤 머물기도 했다. 아이 아빠와 온전히 같이 살았던 기간은 그러니까 진아가 두 살이 지난 후부터는 그렇게 길지 않았다. 드문드문 같이 살았을 뿐이었다. 그리고 완전히 떨어져 살게 된지는 이제 겨우 삼개월이 지났다.

"야. 이혼은 언제 하냐?"

윤은 말없이 내 옆으로 다가와 쪼그리고 앉아 무를 집어 들었다. 그리고 식칼을 들고 채를 썰어나가기 시작했다. 내 물음에 윤은 묵묵히 무를 써는 것으로 대답을 했고, 중간 중간 썰어 놓은 쪽파의 양을 확인했다.

"야. 무슨 무채를 이렇게 두껍게 썰었어."

윤은 내가 썰어놓은 무를 들어 보여주었다.

"왜. 내 새끼손가락만하게 썬 건데?"

"더 가늘고 정갈하게 썰어. 그리고 왜 이렇게 무 써는 속도가 느리냐?"

윤은 핀잔을 주고는 다시 무를 썰었다. 우리는 이십대 중반에 만나서 내년이 되어야 곧 서른이 되지만, 서로 많이 달랐다. 윤은 김장을 5년 동안 매 해 2번씩 하고 있다고 했다. 물김치도 담글 줄 알고, 백김치도 담글 줄 안다고 했다.

"이혼은, 언젠가 할 거야."

윤은 말했다. 그리고 잠시 진아를 쳐다보았다. 진아는 아까와 같은 포즈로 볕 아래서 잠을 자고 있었다.

"살만은 해?"

"응. 너무 좋아. 너무."

134

윤은 식칼 손잡이를 힘주어 잡았다. 칼끝이 도마에 닿았다가 떨어질 때까지 반동이 생겼다. 무채를 썰 때는 리듬감이 필요한 것이었다. 윤은 칼질을 하면서 진아가 자고 있는 쪽을 흘끔거렸다. 그러다가 손가락 잘리면 어떻게 할 건지 물어보고 싶었지만, 그 질문은 조금 부끄러웠다. 왜냐하면 윤은 숙련된 전문가처럼 칼질을 했기 때문이었다.

"그런데 말야, 요즘 진아가 이상해."

"뭐가 이상한데?"

"진아가 태권도를 다니고 싶대."

나는 윤의 말에 웃음이 났다. 채 썬 무를 하나 집어 먹고 그게 뭐가 이상한 소리냐며 낄낄 웃었다. 윤도 나와 같이 무를 집어먹으면서 허허 웃었다.

"진짜 웃기지. 태권도를 다니고 싶대. 왜 웃긴 줄 알아?"

"진아처럼 운동 싫어하는 애가 태권도 다니고 싶어하는 게 웃기다는 거야?"

"아니. 지난번에 발레를 하고 싶다고 해서 시켰는데 한 달 만에 그만 뒀거든. 그런데 이번에는 태권도를 다니고 싶다는 거야."

"그게 왜?"

"왜냐하면 3개월 전에 이미 태권도 다녔거든. 근데 그것도 2주 만에 그만 뒀어."

윤은 무릎을 짚고 일어나 양념을 대야에 모두 옮겨 담아 그 위로 찹쌀풀을 쏟아 부었다. 그리고 밥그릇에 고동색 액체를 가득 담아 대야에 부었다. 이게 뭐냐, 별 걸 다 넣는다, 라며 한 마디 던졌다. 윤은 매실청이라고 답해주었다. 윤은 고무장갑 위로 비닐장갑을 끼워 양념을 양손으로 버무렸다. 비닐은 자꾸 손바닥까지 벗겨졌다.

"야, 이 고무장갑 그냥 김장용 고무장갑 아니야? 비닐장갑 빼도 되지 않아?"

"그래도 애들이 먹을 건데, 고무장갑에 뭐가 묻었을 줄 알고."

"유난이다, 유난."

"너도 애 키워봐."

"공장은 있는데 제품이 없어. 자궁에 들어갈 정자만 주면 바로 임신할 수 있어."

윤은 이상한 소리를 한다며 양념에 무를 쏟아 부었다.

"애는 낳으면 정말 큰 행복을 느낄 수 있어. 그런데 몰라도 되는 행복이야."

윤은 그렇게 한마디를 하고 절임 배추가 담긴 대야를 끌고 왔다. 윤은 배추 반포기 하나를 들어 배추 속에 양념을 넣었다. 손가락으로 양념을 건져 배추 속까지 퍽퍽 집어넣었다. 나는 그가 하는 동작을 따라했다. 손에 양념을 퍼나

르며 배추의 하얀 부분이 없어질 때까지 벌건 고춧가루 양념을 치덕거렸다.

"고춧가루가 몇 스푼 들어가?"

"스푼?"

윤은 스푼이라는 말에 콧방귀를 뀌며 말했다.

"스푼은 무슨. 종이컵으로 15컵? 16컵?"

윤은 손이 빨랐다. 일할 때도 그랬다. 우리는 의사들의 스케줄을 조정해주고 그들이 필요한 서류를 떼다 주는 일을 주로 했었다. 때때로 다른 행정팀의 과장급 이상의 잡일도 도맡아 했다. 윤은 회의 도시락을 시켜 테이블 세팅을 할 때도 손이 빨랐고, 회의록을 출력해 나누어줄 때도 재빠르게 움직였다. 우리는 윤 같은 애가 정직원이 되어야 된다고 했었다. 그만큼 윤은, 우리에게만큼 인재였다.

지금도 그랬다. 내가 배추 반포기 양념을 묻히면, 윤은 그에 서너배는 거뜬히 완성했다. 나보다 키가 작고 덩치도 작았는데 도대체가 왜인지는 몰라도 윤은 늘 야무졌다. 회사에서 가끔 우스갯소리로 상사들이 동갑내기라도 윤이 무조건 언니라며, 애도 낳았고 결혼도 했으니 언니로 뫼시라고 장난을 쳤는데 실감이 났다. 나는 겨우 김치 담그는 일로 이걸 실감하다니, 퍽이나 우습다고 생각했다. 윤이 담담한 목소리로 말을 이었다.

"진아가 말이 빨랐잖아. 지금도 말을 잘 하잖아. 너도 알지?"

목소리가 차분하게 가라앉았다. 무덤덤하게 김치가 되어가는 배추를 바라보며 윤은 이야기를 하기 시작했다. 그의 초점이 김치에 고정되어 있었다. 그가 심각한 이야기를 할 때 하는 일종의 습관이었다.

"응, 알지. 일본어도 따라하고 그랬잖아."

실제로 진아는 세 살 채 안됐을 때 일본에 놀러가서 일본인들에게 '아리가또우'를 말하는 개인기를 펼쳤었다. 어떤 일본인은 한국인 아기가 일본말을 잘한다며 타코야끼 모양의 인형을 선물로 주기도 했었다.

"진아가, 말 빠른 게 내 탓인가 싶어서."

윤은 조금 작은 목소리로 진아 아빠 이야기를 시작했다. 진아 아빠는 스물 셋, 어린 나이에 아빠가 되어버렸고 스트레스를 집에서 풀었다고 했다. 어린 진아의 엄마아빠는 녹록지 않은 사회에 충격을 받았고, 아이 아빠는 중소기업 영업직을 전전긍긍하며 살았다고 했다. 가장 오래 일했을 기간은 3개월인가 4개월인가, 윤은 기억이 나지 않는다며 무던히 말했다. 가장 힘들었을 때는 진아가 울 때라고 했다. 애아빠는 가끔 진아가 울면 방에 아이를 가둬놓고 베란다에서 담배를 피웠다는 것이다. 윤은 그게 참 스트레스였던

게, 원체 담배냄새를 좋아하지 않을뿐더러 또 아이를 방에 가둬놓으면서 윤이 아이를 만나러 방에 들어갈 수 없게 분위기를 만들었다고 했다. 나는 도대체 왜, 왜 네가 들어갈 수가 없는데? 라고 반문했는데 윤은 '그냥, 그때는 그랬어.' 라고 말했다. 윤의 남편은 아이를 가둬놓기도 하고, 또 가끔 우는 아이의 입을 두 손으로 막았다고 했다. 그렇게 몇 날 며칠이 지나면 아이가 잘 울지 않았고 그렇게 빵긋빵긋 웃었더랬다.

또 새롭게 알게 된 사실은, 윤은 광고창작과를 나왔다는 것이다. 나와 그는 회삿밥을 2년이나 먹었고, 이후에 2년을 더 친구로 지냈는데 윤이 대학을 다녔었다는 사실을 이제야 알게 되었다. 재미있는 사실은 4학년 한 학기를 남겨두고 자퇴했다는 것이었다. '걔가, 애아빠가 나 공부하는 걸 그렇게도 싫어하더라, 진아 생기기 전에 자퇴했지, 나 고졸이야.' 윤은 덤덤했다.

윤은 아이를 가지게 되고, 새로운 가족을 만들고, 아이가 세상에 나왔을 때 아빠의 눈코입을 빼다 닮은 진아를 보면서 할 말을 줄곧 머릿속에 저장해두었다고 했다. 막상 생각해 둔 말은 그 당시에 까먹기 마련이었지만, 윤은 항상 진아에게 해주고 싶은 말이 많았다고 했다. 윤은 아이를 매일매일 안아주면서 말을 걸었다. 진아에게 친구한테 말하

듯이 '나 오늘 순대국밥 먹었어', '나 오늘 일할 때 과장님 때문에 힘들었어' 등의 말들을 했다고 했다. 그때마다 진아는 웃었다고 했다. 윤은, 그러니까 진아가 말이 빠른 이유가 어렸을 때부터 본인이 아이에게 너무 어른의 대화를 가르쳤다는 것이다. 나는 말도 안되는 소리라며 배추 속을 채웠다. 윤은 합리적인 의심이지 않느냐고 했다.

기나긴 이야기는 담백했다. 윤은 이야기 중간중간, 진아가 아이답지 않다고 느낄 때가 많다고 했다. 다른 아이들에게 양보도 잘하고 장난감을 사달라고 떼쓰지도 않는다고 했다. 그것이 죄책감이 든다고 했다.

"그래도 나는 단 한 번도 진아를 낳고는 후회한 적이 없어."

윤이 마지막으로 아이 아빠를 보았을 때, 애아빠는 많이 취해있었다고 했다. 그날은 특히 취한 그를 말리러 윤의 가족들이 집에 모였는데, 화가 난 그가 지난 해 중고로 산 윤의 동생 차를 부수었다는 것이다. 뒷좌석 창문이 다 깨져버렸고 범퍼가 나갔다고 했다. 뒷좌석, 윤이 혹시 몰라 두었던 카시트에 유리조각이 흩뿌려졌다고 했다. 윤은 그때 확신했다고 했다. 이제는 정말로 진아와 함께 새로운 곳으로 가야겠다고, 걱정 없이 밥도 마음껏 해먹고, 진아가 좋아하는 잔치국수도 자주 해먹을 수 있고, 벽에 전지를 붙여 크레용으로 마음껏 낙서를 해도 누구의 눈치 보지 않아도 되는 곳으로, 또 마음 놓고 진아가 울 수 있는 곳으로. 그곳으로 가야겠다고 마음먹었다고 했다.

"야. 그리고 솔직히 나 때문에 진아가 태권도 안 간다고 하는 것일 수도 있어."

"그건 왜 또."

"우리 엄마가 그러는데, 내가 진아에게 의지한다네."

"너 같은 성격은 누구한테 의지할 그게 아닌데."

"엄마 눈에는 그렇게 보인대."

"그렇다고 태권도를 그만 둔다고?"

"엄마 말로는 나랑 같이 있고 싶어서 그러는 것 같대."

윤과 나는 김치를 김치통에 차곡차곡 담았다. 배춧잎을 둥그렇게 말아 예쁘게 모양을 만들어 하나씩 담았고, 그 위로 남은 양념을 부었다. 나는 설거지거리가 많아진다고 볼멘소리를 냈다.

"설거지거리는 더 생길걸? 너 빨리 가서 마늘이랑 양파 까. 수육 해야지."

윤은 김치통의 가장자리를 하얀 행주로 닦으며 말했다. 그리고 대야를 차곡차곡 모아 정리를 하며 허리에 손을 짚고 일어났다. 윤은 노인처럼 허리를 펼 때 '으-어' 하는 신음을 냈다. 나는 그 모습이 우스워 이제 허리까지 아프냐면서, 서른도 안돼서 벌써부터 그러면 어쩌냐며 핀잔을 주었다. 나는 한쪽 다리를 세우고는 양파와 마늘을 깠다. 으으으 소리를 내는 윤에게 나는 한마디 건넸다.

"야, 그러니까 아침에 일찍 일어나서 요가를 하라니까? 삶이 달라져."

"완전 핑계지만 아침에 시간이 없다."

윤은 쌓인 대야를 모아 화장실에 가져다 놓았다. 그리고 준비해뒀던지, 주머니에서 거름망 비슷한 것을 꺼내어 하수구 구멍에 씌웠다. 윤은 오늘을 위해 만발의 준비를 한 모양이었다. 화장실에는 뿅뿅, 그리고 수세미가 이미 준비되어 있었다.

"마늘 다 깠으면 냄비에 올려놔. 내가 수육 할 동안 넌 설거지나 좀 해."

윤은 목을 좌우로 꺾어 막간의 스트레칭을 했다. 나는 까 놓은 마늘과 양파를 냄비 위에 쏟아 넣고 팔을 걷었다. 윤은 내 기다란 치마를 보면서 허허 웃으면서 진아 방에 있는 냉장고바지라도 갈아입고 설거지를 하라고 일렀다. 침대 방에는 오늘 내 옷차림을 예상이라도 했다는 듯 이미 바지가 준비되어 있었다. 바지는 정말로 시원했고, 나 또한 허리를 펴고 일어났을 때 윤처럼 으으으 소리를 냈다. 내가 바지를 갈아입고 나왔을 때는 모든 설거지거리가 화장실로 배달되어 있었다. 그는 한없이 분주히 움직였고 나는 큰 설거지거리를 화장실에서 쭈그리고 앉아 처리했다.

하나씩 일거리가 사라지니 해가 지기 시작했다. 나는 화장실 앞에 앉아 대야의 물기를 마른 행주로 닦았다. 밖은 금세 어두워졌다. 볕이 잘 들었던 창가에도 어둠이 깊게 내려앉았다. 진아는 낮잠을 몇 시간이나 자고야 일어났다. 일어나자마자 '이모다, 이모!'하면서 내게 가까이 왔다.

"진아! 엄마가 일어나자마자 뭐 해야 한다고 했지?"

윤은 호들갑을 떨며 거실을 뛰어다니는 진아에게 말했다. 진아는 고개를 갸웃거리며 엄마랑 뽀뽀해야하나, 하고 윤에게 달려가 그의 다리를 양손으로 감싸안아 허벅지에 연신 뽀뽀를 했다.

"얼른 진아가 놀았던 것들을 치워야지. 저기 이불도 개고."

진아는 윤의 말을 듣자마자 창가 근처에 어질러놓은 것들을 하나둘씩 정리했다. 진아는 손바닥은 내 손바닥의 3분의 1정도 크기였는데 누굴 닮았는지, 아마 윤을 빼다 박았는지 조막만한 손으로 야무지게 이불을 개고 널브러져 있던 크레용을 상자 안에 차곡이 담았다.

"엄마, 나 다했어요!"

진아는 정리가 끝나자마자 윤에게 달려가 옷자락을 잡아

당겼다. 윤은 진아를 안아 올리고 귓속말을 했다. 집이 워낙 좁았기에 그 귓속말이 다 들렸다. '이거, 오늘 우리 진아가 먹을 저녁이야.' 나는 그 모습을 보면서 얇은 냉장고 바지 춤에 양손의 물기를 닦았다. 차가웠던 바지는 한 시간 가까이 내 살에 파묻혀 그런지 온기가 있었다.

윤은 말끔히 씻은 도마에 수육을 올려놓고 정갈히 썰었다. 김이 올라오는 수육에는 단내가 났다. 수육을 써는 동안 나는 준비해 둔 김치 반포기를 접시에 가지런히 담아 탁자에 올렸다. 그리고 찬물에 담가 놓았던 생양파를 간장 종지에 담았고, 풋고추와 편마늘도 앞접시에 담아 탁자에 올려놓았다. 진아는 오랜만에 맛있는 것을 먹는다며 한껏 신이 나있었다.

한 시간 가까이 삶은 수육은 그야말로 먹음직했다. 수육을 삶는 동안에 윤은 쉼 없이 움직인 듯 했다. 이전에 없었던 파김치가 상 위에 올라왔다. 아마 남은 양념에 고춧가루를 더하고 파를 넣어 만든 모양이었다. 진아는 고기, 고기, 외치며 몸을 들썩였다. 나는 젓가락으로 수육을 한 점 들어 냄새를 맡았다. 윤은 아직 다 앉지도 않았는데 젓가락을 든다고 핀잔을 주었다. 우리 밥상 룰은 모든 사람이 앉았을 때 밥을 먹는 거거든, 하면서 윤은 그제야 자리에 앉았다.

윤은 갓 담근 김치를 물에 씻어 진아의 숟가락에 올려주었다. 고기도 조그맣게 젓가락으로 잘라 아이의 입 속에 넣어주었다. 진아는 입 속에 음식이 들어갈 때마다 춤을 추었다. 어깨를 들썩이기도 하고 팔을 휘젓기도 했다. 나는 김치를 손가락으로 주욱 찢어 놓은 후에 고기를 두 점씩 올려 먹었다.

"네가 흉내만 내고 내가 만든 음식, 맛있냐?"

"응. 사실 이러려고 왔거든."

김치는 정말 맛있었다. 소금에 절인 배추에 수많은 양념과 채소를 갈고 섞어서 만든 음식이라니. 이걸 일 년에 두 번은 하는 사람이라니. 윤, 너는 대단한 일을 매년 하는구나, 라고 나는 그렇게 생각했다. 물론 수육을 먹느라 윤에게 직접 말하지는 못했지만.

"집에 갈 때 김치 좀 가져가. 어머니 좀 갖다 드려."

"내가 담근 김치라고 해야지."

"너 솔직히 말해봐. 김치 담근 적 없지?"

"어떻게 알았냐?"

나는 머쓱하게 웃었다. 진아는 밥알이 한 톨씩 입 밖으로 나오면 야무지게 다시 입에 넣으면서 수육과 김치를 먹었다. 먹을 때마다 이렇게 맛있는 김치는 처음이야, 이렇게 맛있는 고기는 처음이야, 하면서 윤에게 극찬을 했다. 윤은 먹는 둥 마는 둥 진아가 밥알을 흘리는지, 밥상에서 물을 엎지는 않는지 살펴보았다.

그러다가 진아가 갑자기 윤을 쳐다보며 말했다.

"엄마. 시간 있어?"

"아니. 없는데?"

"있다고 해줘."

나는 수육을 한 점 입에 밀어넣고 두 모녀의 대화를 구경했다. 진아는 고개를 윤에게 완전히 돌린 채로 말을 했다.

"그래. 시간 있어. 왜?"

진아는 기다렸다는 듯이 말했다.

"그럼 아껴 써."

진아의 말에 우리는 모두 깔깔 웃었다. 나는 그런 말은 어디서 배웠느냐며, 어떻게 그런 말을 아기가 하냐며 신기하다고 말했다.

"이거 봐. 애 여섯 살 같지 않다니까?"

윤은 입을 가리고 말했다. 진아는 뿌듯해하며 '시간을 아껴써야지, 그래야 부지런하게 살지' 하고 말했다. 틀어놓은 TV에서 아이돌 그룹의 노래가 흘러나왔다. 진아는 밥을 먹다 말고 갑자기 춤을 췄다. 밤이 깊었고, 우리는 다같이 가요를 부르며 김치와 수육을 먹었다. 물론 진아는 애써 담

근 김치를 물에 씻어 먹었지만. 윤은 이미 챙겨놓은 김치
통을 잊지 말고 꼭 가지고 가라고 했다. 처음으로 네 손으
로 담은 김치니까 꼭 가지고 가라는 말을 덧붙였다.

창밖은 이미 노을이 다 지고 어둠이 가라앉아 있었다. 윤
과 나는 오랜만에 즐거운 시간을 보냈고, 김치를 담갔다.
나는 윤이 보자기에 싸준 김치통 한 개를 품에 안고 나왔
다. 우리는 현관문 앞에서 종종 음식을 해먹으며 자주 뭉
쳐 놀자고 다짐을 했다. 진아는 윤의 다리를 감싸 안고 고
개를 빼꼼이 내밀어 배웅을 했다. 나는 진아의 맑은 미소
를 등지고 대문 밖을 나섰다. 처음으로 나는, 김치 담그는
것에 진정한 참여를 했고, 윤의 음식 솜씨가 좋다는 것을
알았다.

나는 한 손에 김치통을 들고 고즈넉한 흙길을 따라 걸었
다. 낮은 층이 오밀조밀 모여있는 빌라촌의 소리는 고요했
다. 나는 고요함을 깨는 밤벌레 우는 소리에 발을 맞추어
지난날의 윤을 추억했다. 의사들의 스케줄을 조정하던 것,
안내를 하고 진료 카트를 정리하던 것, 걸음마를 하는 진아
를 뒤쫓아 가던 것 등을. 그리고 오늘, 김장을 하며 진아를
보던 윤의 옆모습을.

꼰대체커 현이

팡팡E

1.

어느 날, 현이가 집 거실에 누워 TV를 보고 있는데 전화가 왔다.

"여보세요?"

"현이 씨, 저 김미영 팀장이에요. 잘 지내셨어요?"

"네, 무슨 일이세요?"

"옛날에 일자리 지원센터에서 교육받고 나서, 현이 씨에게 맞는 일자리를 저희가 알선해주겠다고 했잖아요?"

"네, 그러고 나서 3달 동안 연락 없었잖아요?"

"이번에 현이 씨한테 맞는 일자리가 생겨서 이렇게 연락했어요."

"그래요? 어떤 곳인데요?"

" '난벌레'요."

"거기 여행사잖아요? 전에 과제로 그곳에 기업 인터뷰한 적 있기는 한데……."

"네, 안면이 텄죠?"

"그게 아니라, 전에 분명히 삽화가나 시각디자이너 일하고 싶다고 했는데, 왜 거기 가요?"

"여행사지만, 시각 디자인 일도 하는 모양이더라고요."

"전에 인터뷰했을 때는 그런 내용은 없었는데……."

"암튼, 일단 면접 한 번 봐봐요. 요즘 경기 안 좋아서 일자리도 없고, 현이 씨 나이도 이제 곧 서른이잖아요."

"알았어요. 그럼 일정 문자로 남겨주세요."

전화를 마친 현이,

"야, 팡팡아."

그러자 갑자기 공중에서 요정 날개를 단 앙증맞은 곰돌이가 나타났다.

"네가 보기에는 어떠니?"

"흠…… 한 번 면접만 보는 건 어떠냐팡? 너 1년 전에 다니던 기레기 언론사 때려친 뒤, 백수로 지내고 있잖아팡? 그 이후 학원 오가면서 그림 공부할 만큼 했잖아팡? 이제 정착해야 하지 않을까팡?"

"그렇지만 여행사는 아닌 거 같은데. 이런 곳 다니려고 1년 동안 그림 공부한 거 아니거든?"

"그래도 면접만 봐팡. 합격한다는 보장은 없잖팡."

다음날, 현이가 난벌레 여행사에 도착했다. 시내 외진 곳에 있는 한옥집이었다. 대문을 열고 들어가자 키 작고 통통하고 안경 쓴 대표와 몇몇 직원들이 현이를 맞아주었다. 이어 대표가 상석에 앉아 인자한 표정으로 말했다.

"여긴 힘든 곳이야. 일반 고객이 아니라 교육직에 일하는 고위층 사람들을 상대할 정도로 수준이 높아야 하고, 인문학적으로 수준도 높아야 하고, 복장도…… 내가 왜 기업명을 '난벌레'라고 지었냐면…… 아무리 살충제를 써도 엄청난 번식력 덕분에 절대 죽지 않는…… 몇 억 년 전에 바퀴벌레가…… 어쩌고저쩌고……."

'듣기 힘들어 죽겠네. 팡팡아, 보기에 어떠니?'

'TMT(Too much talker)팡. 듣기 짜증 나서 미치겠다팡.'

'전에 인터뷰할 때도 저랬는데, 자세히 들어보면 알맹이 없는 당연한 소리야.'

'그냥 있어 보이는 말 지껄이는 거 좋아하는 부류인 거 같다팡. 한쪽 귀로 흘러버리기 기술 시전해라팡.'

'한쪽 귀로 흘러버리기' 기술을 펼치자 피나기 일보 직전인 귀가 좀 진정되었다. 그로부터 시간이 흘러, 대표가 말을 멈췄다. 본인 말에 심취해서 흡족한 표정을 짓고 있었다. 현이가 말을 할 타이밍이 왔다.

'어떡하지, 팡팡아? 제대로 못 들었는데.'

'그냥 하신 말씀 다 공감한다고 해팡.'

시키는 대로 하자, 대표가 더 흡족한 표정을 지었다.

"내일부터 여기서 일해."

"네?"

"왜, 무슨 일 있어?"

"아니…… 그게, 너무 갑작스러워서…… 또 내일 일정 있거든요."

"그럼 언제부터 일할 수 있는데?"

"다음 주 수요일부터 출근할게요. 괜찮으세요?"

"좋아, 그럼 그때 보자."

면접 마치고 도망치듯 그곳을 빠져나온 현이.

"말도 안 돼. 합격하다니. 대체 왜?"

"축하한다팡. 일단 돈 벌 데는 생겼다팡."

"하지만, 앞으로 저 TMT를 계속 상대해야 한다니 눈앞이 캄캄해. 내가 희망하던 일자리도 아니라고. 팡팡아, 체크해 줘. 저 사람 혹시 꼰대야?"

"지금으로서는 모르겠다팡. 저 정도만으로는 꼰대 느낌이 발현되었다고 할 수 없다팡."

그때 김미영 팀장한테 연락이 왔다.

"안녕하세요, 현이 씨. 면접은 어땠어요, 잘 봤어요?"

"출근하래요. 근데 제가 일정이 있어서 다음 주부터 간다고 했어요."

"그렇군요. 그럼 출근하기 전에 일자리 지원센터로 한번 오세요. 본부장님과 오리엔테이션 받아야 하니까요."

다음 주 화요일, 일자리 지원센터로 온 현이. 안으로 들어가자 김미영 팀장이 그를 맞아주었고, 이어 본부장실로 갔다. 창문 앞에서 등 돌린 채 차를 마시며 폼 잡고 있던 본부장이 벌레 보는 듯한 표정으로 그를 보았다. 그러나 곧 웃으며 그를 맞았다.

'어때, 팡팡아?'

'겉으로는 호의적이지만 실은 널 업신여기고 있다팡. 네 이력서 보고 1년 못 채우고 이곳저곳 이직한 게 많다는 이유로 널 문제 많은 애로 보고 있는 거다팡.'

'역시 그렇구나. 그래서 전에 교육받았을 때도 살짝 무시하는 투로 말했구나. 하지만, 난 억울해.

내가 대학 졸업하고 나서 첫 직장 방송국에서 구성작가로 일했을 때는 처우가 아주 형편없었어. 최저 시급에 4대 보험도 안 들어주고 식비도 안 줬어. 심지어 팀장이 월급으로 장난질 몇 번 한 적도 있었지. 그래도 열심히 일했지만, 그 새끼가 멋대로 프로그램 폐지하자, 어차피 비정규직이겠다, 문자로 그만두겠다고 통보하고 안 나갔지.

그 후, 1년 동안 포토샵 등 프로그램을 배우고 디자인 관련 자격증 딴 뒤 현수막과 간판 등 만드는 디자인 회사에 입사했지. 같이 일하는 사람도 전 직장 그 새끼보다는 훨씬 좋은 사람이라 다니기는 편했어. 하지만 5인 미만 직장이라 그런가 제대로 체계도 없었고, 60세를 앞둔 사장이 어떻게 영업하는지 일이 없어도 너무 없었어. 곧바로 경영 악화로 이어졌지. 월급도 미뤄지고, 급한 불 끄느라 내 월급으로 대체한 적도 있었고. 결국, 더는 안 되겠다 싶어 그만뒀어.

그 후, 다른 직장에서 계약직으로 일하고 학원 다니면서 공부하다가, 더 전문적인 디자인 회사에 입사했어. 여전히 최저 시급을 줬지만, 더 체계적이고 더 안정적인 곳이었지. 문제는 직속 선배 격인 디자이너들이었는데, 텃세가 너무 심했어. 말로는 친절하게 가르쳐주고 있다, 들어서 손해 볼 건 없다고는 하는데, 가르친다기보다는 시비에 가까워서 좋게 듣기 힘들었어. 하지만, 꾹 참고 배워서 성과를 내면 인정해줄 날이 올 줄 알았는데, 텃세는 계속됐지, 그러던 중, 무슨 이상한 기념일이라면서 돈 갈취를 하더라고. 그때 더는 못 참고 이건 아니지 않냐고 이런 것까지는 못 하겠다고 했지. 그 이후에 그것들이 더 신경 건드리길래, 대놓고 반격하자, 보던 사장이 날 불러낸 다음, 날 자르더라고. 이어서 한바탕한 건 두말할 것도 없고 말이야.

그런 일을 겪은 후 디자이너 일에 회의감이 들어 한동안 아무것도 안 하고 지냈어. 하지만, 더는 무기력해지기 싫어 다른 직종을 찾아보다가 언론사에 편집기자로 입사했지. 신문 지면에 기사들을 배치하고 그에 맞는 제목과 부제를 쓰는 일이었어. 안 해본 일이라 처음에는 엄청 욕을 먹었어. 하지만, 신문 보면서 공부하다 보니 요령 생겨서, 나중에는 제법 그럭저럭 일했어. 그 후, 팀장이 바뀌었는데, 결혼했으면서 나한테 눈웃음치며 추파를 던지더라고. 이에 거리 두니까 수틀렸는지 작업물과 평소 행실 가지고 시비를 걸기 시작했어. 뜬금없이 옛날 내 잘못 들먹이지 않나, 몰래 뒷담 하지 않나, 정말 유치하기 짝이 없었어. 그러던 중, 날 제대로 엿 먹이고 싶었는지 실력 부족 핑계로 연습시키더라고. 어이없어서 일부러 엉망으로 했더니 이때다 싶었는지 날 질책하면서 나보고 기사 자격이 없다고 말하는 거 있지? 내가 제 눈에 아무리 하자여도 엄연히 내가 해온 게 있는데 말이야. 그 말에 순간적으로 이성을 잃었고, 정신 차렸을 땐 그 새끼 면상 털린 채로 코피 흘리며 바닥에 쓰러져…… 어쩌고저쩌고…….'

'그 얘기는 지금까지 한 100번은 넘게도 했다팡. 너무 들어서 귀에 딱지가 질 정도다팡. 그보다는 저 본부장 하는

말이나 듣자팡.'

현이와 팡팡이가 딴짓을 멈추고 그제야 본부장 말을 기울이기 시작했는데.

"현이 씨는 세상 물정 모르는…… 옛날에 나 때는 이렇지 않았는데 요즘 젊은 것들은…… 이력서를 봤는데 엉덩이가 가벼운…… 내가 현이 씨 다닌 방송국과 몇 번 일한 적 있는데 적어도 거기 부조리 있는 건 인정…… 무슨 사연 있는지 모르지만 다닌 직장 뒷담 해서 좋은 건 없다…… 어쩌고저쩌고……."

'팡팡아, 내가 저딴 말을 계속 듣고 있어야 해?'

'그래도 듣는 척이라도 해라팡.'

'교육받을 때, 이 인간이 내 이력 가지고 질문 세례 할 때, 내가 내 문제 어느 정도 인정하고 그동안 다닌 직장을 너무 비하하지 않는 선에서 얘기한 것도 모르면서 저렇게 나에 대해서 다 안다는 것처럼 지껄이잖아. 내가 다 얘기하면 믿지도 않을 거면서.'

'그래도 이성을 지켜라팡. 또, 난리 칠 수 없잖냐팡.'

시간은 흘러.

"난벌레 대표가 내 대학 동기예요. 그분 밑에서 처음부터 다시 시작한다는 마음으로 일해 봐요. 현이 씨한테 맞는 일자리가 안 보여서 내가 특별히 부탁했어요. 보고 배우면서 그동안 현이 씨 무슨 잘못을 했는지 되돌아봐요. 그러는 편이 현이 씨가 앞으로 사회 생활하는 데 이득일 테니까."

이렇게 오리엔테이션이 끝나고 일자리 지원센터 밖으로 나온 현이.

"팡팡아, 나 그냥 거기 안 다닐래."

"왜 그러냐팡?"

"내가 전 직장 생활 잘못했으니까, 그 '난벌레'인지 뭔지 다니면 내가 바뀔 수 있다고 얘기하잖아. 정말 다닌 직장이 개똥 같을 수 있는 건데, 저러는 거 실례 아냐? 더구나 시각 디자이너 지망했는데 여행사랑 알선해주는 게 말이 돼?"

"모처럼 직장 구했는데 아깝다팡. 그래도 한 번……."

"이번에도 아닌 거 같아. 그냥 내일 아침 김미영 팀장한테 안 다니겠다고 문자 보내야지."

"그래라팡. 네 말대로 저 인간이 몰라도 너무 모른 거일 수 있다팡."

2.

난벌레 출근날 아침, 안 다니겠다고 김미영 팀장한테 문자 보내고 늦잠 자던 중 난벌레 대표한테서 전화가 왔다.

"안녕하세요, 대표님."

"안녕 못 한다. 네 퇴사 통보를 네가 아니라 일자리 지원 센터에서 듣게 한다는 게 말이 되니? 넌 한 번 혼나야 해. 이따 회사에 방문해라. 왜 안 하겠다는 건지 이유나 좀 듣자."

전화가 끊기고.

"어떡하지, 팡팡아? 가기 싫은데."

"그래도 가봐팡. 애초에 대표님을 설득해야 했다팡. 만나서 똑 부러지게 왜 안 하려고 하는지 말하는 거다팡."

그러나 막상 간 그곳에서 그 과정이 쉽지 않았는데.

"뭔 소리야, 너 지금 나랑 장난쳐? 이럴 거면 애초에 왜 여기 지원했는데?"

전에 본 인자함은 어디 가고 미친 사람처럼 날뛰며 화내는 난벌레 대표. 그 앞에서 안절부절 기죽어 있는 현이.

"그러니까…… 전 시각 디자이너 지망하고…… 여행사 일은 하나도 모르고…… 애초에 김미영 팀장이 왜…….."

"여기서 김미영 팀장이 왜 나와? 이 새끼 되게 웃기는 새끼네? 일자리 지원센터 본부장한테 부탁받고 기껏 채용하기로 마음먹었더니, 야, 네가 그렇게 잘났어? 그래서 1년도 못 채우고 이곳저곳…… 네 옷차림부터가 디자인답지 못하다…… 인생 디자인 실패한…… 네가 여기가 여행업만 한다고 착각하는 모양인데 몇몇 유명인사 사주받아 여기서도 디자인 작업…… 그러고 보니 너 방송국과 언론사 다녔다고…… 여기 고객 중에 의원들도 있는데 혹시 정치적인 게 싫어서…… 어쩌면 한심하고 무능하냐…… 어쩌고저쩌고 지껄지껄…… ."

'야, 팡팡아, 내가 이딴 막말 계속 듣고 있어야 해? 흘려 듣는 것도 정도 것이지 지금 귀에 피 날 거 같아.'

'진짜 미안하다팡. 이런 놈인지 몰랐다팡. 내 실수다팡.'

'됐고, 더 듣기 싫은데 그냥 뛰쳐나갈까? 더 못 견디겠는데.'

'아, 그러다 더 큰 일 날 거 같은데…… 팡.'

대표가 그렇게 한참 지껄이자 좀 진정이 되어 숨을 고르기 시작했다. 그러더니.

"그냥 한 번 6개월만 다녀 봐. 네가 여기 다니며 어떻게 일해야 하는지 배워서 익히면 나중에 네가 원하는 시각디자이너 일할 때도 분명히 도움이 돼. 네가 절대로 손해 보는 일 없게 해줄게…… 어쩌고저쩌고…… ."

상황이 일단 그렇게 일단락되고, 내일 다음날 정식으로 출근하겠다고 약속한 뒤, 집에 와 놀란 마음 추스르고 있던 현이. 그때 김미영 팀장한테 온 연락.

"안녕하세요, 현이 씨. 대표님과 얘기 잘했어요?"

"……내일부터 다시 정식으로 출근하기로 했어요. 근로계약서도 썼고요."

"그렇구나. 그런데 현이 씨, 내가 봐도 현이 씨는 진짜 혼나야 해. 다니기 싫다고 그렇게 통보하는 건 비매너…… 어쩌고저쩌고…… 암튼, 힘내서 잘 해봐요. 분명 도움 되는 거 있을 거예요."

끊어진 전화.

"야, 팡팡아, 나 지금 그 인간들한테 책잡힌 거 맞지?"

"이제 힘들어질 거 같다팡. 일하면서 그 인간들이 이 일 가지고 툭하면 시비 걸 거고 치부 건드리면서 무조건 자기 말 듣게끔 할 거다팡. 애초에 그냥 무시했어야 했는데…… 만나라고 해서 미안하다팡."

"그건 그렇고, 내가 생전 관심도 없던 여행업 일을 어떻게 해?"

그러나 불행인지 다행인지 딱 그때 코로나19 사태가 터져 난벌레가 해왔던 일들이 중단됐다. 이 시국에 미치지 않고서야 여행을, 심지어 해외여행을 가겠다는 고위층 인사들은 아무도 없었다. 그 덕에 그곳에서 현이가 한 일은.

"회사 청소하기, 점심 식사 후 핸드드립 커피 타기, 대표가 초대한 고위층 인사 시중들기, 대표 취향인 이해 못 할

예술 영화를 보고 합평하기, 선거철이라 전문 디자이너가 한 선거공보물 외주로 넘기기, 현수막 제작 등 간단한 디자인 작업하기…… 코로나19 사태를 어떻게 극복해야 할지 아이디어 회의한다 치고 번지르르할 뿐 별 영양가 없는 대표 말이나 쳐 듣다가 끝내버리기…… ."

"좋게 생각해라팡. 일이 아주 힘든 건 아니지 않냐팡?"

"직장 다니니까 백수로 지낼 때보다는 심리적 안정감은 있지만…… 모르겠어. 이 일 하려고 언론사 때려치우고 1년 동안 그림 공부한 게 아니거든. 적어도 더 괜찮은 디자인 업계에서 일하길 바랐는데. 퇴근 후 집 오면 아무것도 하기 싫어서 평소 그리던 그림도 못 그리겠고."

"언제 그만둘지 모르겠지만 한동안은 힘내자팡. 그때 모은 돈으로 더 공부할 수 있지 않겠냐팡?"

그런데 현이가 한 달도 안 되어 그만두게 된 계기가 아주 사소한 데서 벌어졌다. 일이 없어 영화 합평회를 한 후 퇴근 시간 앞두고 한 명씩 자리에서 일어나자 대표가 현이를 불러세우더니,

"넌 할 거 있는데. 실은, 선거공보물 하나가 오늘 밤이나 내일 오기로 했거든. 오는 즉시 외주로 보내야 하는데."

"네?"

'아니, 왜 사실은 이제야 말하는 거냐팡?'

'그러게 말이야. 저 인간 아직도 앙심 품고 이러는 건가?'

"아…… 저, 그게…… 저 주말에 약속 있어서요."

"무슨 약속? 너 내일 토요일에 나와야 할 수도 있는데 중요해?"

"그건 아니고요. 그런데 선거공보물이 정확히 언제 오는데요?"

"몰라, 오늘 밤에 올 수도 있고, 내일 올 수도 있고. 어떡할래, 남아서 올 때까지 기다릴래, 아니면 내일 나올래?"

'어떡하지, 팡팡아? 나 진짜 내일 나오기 싫어. 오랜만에 애들 만나서 놀러 가기로 했다고.'

'오늘 밤에 일찍 올 수도 있으니 한 번 기다려보는 거다팡.'

"기다릴게요. 봐서 늦으면 내일 오고요."

그렇게 현이와 대표와 평소 궂은일 맡아서 하던 남자 직원이 남아 치킨 시켜 먹으면서 기다릴 때쯤이었다. 대표와 남자 직원이 서로 얘기를 나누고 있었고, 그걸 경청하는 척하던 현이는 폰으로 회사 메일에 접속해 수시로 선거공보물이 왔는지 확인했다. 시간이 지나 밤 9시가 되자 그 담당 디자이너한테서 선거공보물 파일이 왔고, 제대로 만들어졌는지 확인하려는데,

"대표님, 이거 사이즈가 안 맞는데요? 그분께 다시 해달

라고 해야 하는데……."

"그래? 그럼 사이즈 지금 문자로 보내줘."

문자를 보내자 대표가 담당 디자이너한테 문자 재전송하더니, 전화해서 어떻게 수정해야 하는지 말했다. 그로부터 2시간이 지났다.

"저, 대표님. 혹시 언제쯤 오는지 확인 부탁드려도 될까요?"

"좀만 기다려보자."

"사이즈 조금만 수정하면 되는 거라 오래 걸리지 않을 텐데……."

"너 내일 나오기 싫어서 그래?"

"그렇다기보다는 생각보다 오래 걸려서요."

"아까 네가 중요한 약속도 아니라면서."

"너무 늦으면 내일 사무실에 나올 건데, 곧 오면 오늘 처리하고 가는 게 낫잖아요."

"……."

"아니면, 제가 한 번 연락해 볼 테니 그 디자이너 연락처 좀……."

"야, 그냥 너 관둬라."

"네?"

"너 같은 직원 필요 없어. 앞으로 나오지 마. 넌 해고야."

그 말에 따로 일하고 있던 남자 직원도, 현이도 모두 뒤통수 맞은 듯 멍하니 대표를 바라보았다. 대표는 뒤돌아서서 바지 주머니에 양손 넣고 어딘가 볼 뿐이었다.

'저 인간이 지금 무슨 소리를 하는 거냐광?'

"아, 아니…… 전 그냥 언제 오는지 확인 좀……."

"됐으니까, 나오지 말라고. 내가 너한테 채근당해야겠냐? 알아서 할 테니까 넌 가."

대표가 그러곤 밖으로 나가 마루에 서서 담배 피우기 시작했다. 대표 눈치 보던 남자 직원이 현이한테 다가와 귓속말을 했다.

"어서 잘못했다고 사과드려. 빨리!"

그러나 현이는 멍하니 서 있다가 정신 똑바로 차린 듯 눈을 똑바로 뜨더니 급히 짐을 싸서 밖으로 나왔다. 마루 위에 담배를 피우는 대표가 서 있었다.

"안녕히 계세요."

"이 새끼 봐라? 야, 너, 거기 서!"

"무슨 일이신데요?"

"'무슨 일이신데요?' 진짜 너, 네가 지금 무슨 잘못을 했는지 모르냐?"

"……제가 직원인데 대표님께 채근한 건 죄송……."

"그거 말고 방금 네 태도 말이야."

"네?"

"누가 나가면서 허리 옆으로 대충 숙이고 '안녕히 계세요' 이래? 허리 90도로 숙인 다음 정중하게 인사해야 할 거 아냐?"

"뭐, 뭐라고요?"

"넌 애 교육 어떻게 했길래 이 모양이냐?"

어느새 마루에 나온 남자 직원에게 탓하는 대표.

"죄송합니다. 대표님. 제가 잘못했습니다. 다 제가 못나서……."

그걸 또 받아주는 남자 직원.

'저 남자 직원은 자기가 뭘 잘못했다고 저러는 거냐팡?'

'몰라, 저 대표 새끼가 저 인간 어지간히 잡아대서 드디어 미쳤나 봐.'

다시 현이한테 눈 돌리는 대표.

"너 옛날에 여기 인터뷰하러 온 적 있지?"

"갑자기 그건 왜요?"

"너 그때 인터뷰했을 때 어땠어?"

"도대체 그건 왜 물으시는데요?"

"그때 여기 처음 와서 인터뷰했을 때 내가 네 질문에 대답해줬잖아, 네 느낌 어땠냐고?"

"솔직히 인터뷰 장황했는데요. 왜요?"

"장황했다고? 너 진짜 죽고 싶냐?"

"대체 그건 왜 묻냐고요? 나가는 사람한테 인사법 어쩌고 저쩌고하며 시비 걸지 않나, 뜬금없이 옛날 일 묻지 않나?"

"너 아주 글러 먹은 새끼라고, 그 말 하고 싶어서."

"네?"

"말귀 못 알아듣냐? 너 아주 글러 먹은 병신새끼라고. 아까 인사법도 그렇고. 너 옛날 인터뷰 내용 나중에 봤는데 내가 말한 내용 하나도 안 들어가 있었다…… 그리고 인터뷰했으면 그 후에 밥이라도 사면서 감사 인사를 해야 할거 아니냐…… 그것도 모르는 넌 진짜 장애인이다…… 아까 영화 보고 합평회 할 때도 그 부분이 왜 좋은지 제대로 말도 못 하고…… 말은 웅얼웅얼해서 답답하기 짝이 없고…… 평소에는 순진한 척하더니 이젠 바득바득 대들기나 하고…… 원래 이런 애였냐…… 인제 보니 넌 약자한테 강하고, 강자한테 약한 놈…… 어쩌고저쩌고 지껄지껄……."

'팡팡아, 내가 이딴 소릴 계속 들어야 해?'

'도를 넘었다팡. 이건 진짜 아니다팡. 게다가 전에 만난 것들과는 차원이 다른 '완전똥차' 다팡. 이제 어떻게 할지 알고 있지팡?'

"듣자듣자하니 진짜 시끄러워서 못 들어주겠네. 억지도 적당히 부려야지."

"뭐, 뭐라고?"

"나야말로 금요일 퇴근 앞두고 갑자기 일 통보 받아서 짜증 나지만, 일이니까 어쩔 수 없다고 쳐요. 주말에 출근하기 싫어서, 웬만하면 오늘 내에 다 하고 싶어서, 적어도 언제 수정된 작업물이 오는지 확인하고 싶었을 뿐인데, 도대체 그 디자이너가 얼마나 상전이길래 그런 것도 못 물어보는지 이해가 당최 안 되지만, 자신이 회사 대표인데 일개 직원이 채근하니까 짜증 났다고 칩시다. 그런데 해고는 아니지 않나?"

"……."

갑자기 꿀 먹은 벙어리가 된 대표새끼.

"내가 아직도 직원이면, 왜 기분이 나빴는지 듣고 죄송하다고 말하고 그냥 넘겼을 겁니다. 그런데 겨우 이딴 이유로 사람 자른 주제에, 인사법이 어쩌구 전에 한 인터뷰가 저쩌구…… 어디서 함부로 지껄여요? 전에 여기 인터뷰한 내용 나중에 과제로 제출하기에 앞서 같이 온 여자애와 들어봤는데, 내가 듣기에 장황하기 짝이 없었고, 그 애 반응도 마찬가지였어요. '교육 전문 여행사' 라는 틀 내에서 말해주면 되는데 생뚱맞게 '양자역학'이 왜 나와? 그따위로 인터뷰하고 나중에 감사 인사? 밥? 웃기고 있네."

"이, 이 새끼가 정말!"

잔뜩 흥분한 대표. 주변을 둘러보더니 쇠 자를 든다.

'미, 미쳤다팡. 갈 데까지 가려나 보다팡.'

'괜찮아. 이런 새끼 따위…….'

현이가 재빠르게 대표 손에 쥐어진 쇠 자를 뺏은 후, 그 걸 대표한테 내리치려고 했다. 그러더니 대표가 뒤로 넘어지더니 두 팔을 가슴 쪽으로 모은 후 눈을 질끈 감았다. 현이는 그 모습 보고 코웃음 짓더니 쇠 자를 옆으로 멀리 던져버렸다.

'겨우 이 정도밖에 안 됐던 새끼였던 거야, 이런 새끼 따위.'

뒤돌아서 나가려는 현이, 그때.

"네가 다닌 방송국에서…… 너 보고 답답하대!"

"뭐라고요?"

"네 이력서에 적힌 방송국 그 인간, 실은 아는 사람인데…… 너보고 답답한 새끼라고 했다고! 게다가 너 1년도 못 채워서 이곳저곳 직장 옮기는 거 전전하잖아? 너한테 진짜 문제 있으니까 그런 거 아니겠어? 일자리 지원센터 본부장도 그걸 알고 굳이 나한테 널 갱생해달라…… 어쩌고저쩌고……."

"이봐요."

다시 뒤돌아서 대표를 보는 현이.

"정말 내가 문제여서 그런지 몰라도, 내 팔자가 왜 이 모양인지 몰라도, 적어도, 당신 따위한테 날 안 맡겨."

'처음부터 만나선 안 될 인연이었다팡. 언제는 여기서 6개월 동안 일해보라더니…… 혹시 코로나19 때문에 저런 식으로 너 자른 건 아니겠지팡?'

'어쩌면 그럴지도 몰라. 저 벌레 TMT 수준이 딱 저 정도이니.'

3.

그로부터 한 달이 지났다. 그렇게 나왔음에도 월급 문제로 한바탕할 줄 알았지만, 난벌레에서 살림살이한 값은 제때 나왔다. 통장 잔액을 보던 현이는 기쁨보다는 앞으로 어떻게 살아야 하는 막막함 때문에 한숨이 나왔다. 그러나 고민해봤자 아무것도 해결되지 않는다는 사실을 또 직면하고 하던 그림 공부를 계속하기로 했다.

그러던 어느 날, 늦은 저녁 공부를 마치고 어깨에 노트북 가방을 멘 채 집으로 가던 길에 갑자기 울리는 폰.

"누구한테 연락 온 거냐팡?"

"김미영 팀장."

그러더니 바로 수신 거절하고 차단까지 하는 현이.

"너 그렇게 나오고 어떻게 지내는지 확인하러 전화한 거 같은데 안 받아도 괜찮겠냐팡?"

"어차피 거기 본부장이나 그 벌레 새끼나 이 여자나 한통 속인데, 뭘. 더 신경 쓸 가치 없는 스팸 문자 같은 여자 같으니라고."

"누가 스팸 문자 같은 여자라고?"

소리 들리는 쪽을 바라보자 그곳에 40대 중반의 여성이 서 있었다. 그런데,

"순진한 줄 알았는데, 설마 '꼰대체커' 였을 줄이야."

"저 여자 좀 봐라팡. 우리랑 비슷한 부류인가 보다팡."

현이 곁에 아무도 안 보이는 요정 날개 단 곰돌이 팡팡이 있듯, 김미영 팀장 주변에 악마 날개 단 커다란 뱀이 그녀의 몸을 틀고 혀를 날름거리고 있었다.

"김미영 팀장. 당신, 정체가 뭐야?"

"내 소개를 다시 할게. 난 '호구체커 김미영'이라고 해. 이 요염한 뱀은 내 파트너 '쉬쉬'."

"만나서 반가워쉬. 친해질 수 있을까 모르겠지만쉬."

"'호구체커'라니…… 그럼 날 그딴 직장에 집어넣은 게 당신 계략이었던 건가요?"

"계략이라고 하긴 좀 그런데…… 난 내 할 일을 했을 뿐이야. 일자리 지원센터에서 프로그램을 기획하고 구직자들

을 모아 각자 성향을 파악한 후 그에 맞는 기업으로 알선해주는 일. 하지만, 넌 좀…… 굉장히 까다로웠어."

"무슨 말이에요?"

"처음 이력서를 보고 네가 프로그램 수강하는 모습을 보면서 쉬쉬랑 네가 도대체 어떤 애인지 분석해봤어. 능력은 있어 보이는데 왜 자꾸 1년 못 채우고 직장 옮기는 걸까? 며칠 보다가 그 이유를 '자존감 부족'으로 보았지. 그래서 옆에서 널 제대로 이끌어줄 사람만 있다면 괜찮을 줄 알았어."

"그래서 날 난벌레에 보낸 거예요? 말도 안 돼. 그 TMT 당신 직속 상관이나 당신이나 괜찮게 봤는지는 몰라도 저한테는 영 아니었어요. 채근했다고 날 자른 것도 모자라서 나가려고 할 때까지도 인사법, 내 과거 등에 대해 어쩌고저쩌고 지껄이면서 책 잡으려는 형편없는 사람이었다고요. 무엇보다 내가 왜 시각디자이너 지망하는데 왜 그런 곳에서 일해야 해요? 전에 제가 포트폴리오 보여주면서 삽화가나 시각디자이너 지망한다고 분명히 말했잖아요?"

"우선 네가 그런 일을 당한 건…… 나도 참 유감이야. 안 그래도 난벌레 대표한테 얘기 들었어. 그런데 나중에는 네가 막 대표한테 대들었다며…… 물론, 네가 잘못했다, 대표가 잘했다는 얘기는 아냐…… 어쩌고저쩌고 횡설수설……

또, 네가 원하는 삽화가 직종은 프리랜서가 많고 대부분 수도권에서 일해서 이 지방 일자리 지원센터에 연결될 일이 거의 없어. 그래서 디자인 업체에 연락했지만, 이력서 보고 네가 너무 엉덩이 가벼워 보인다며……."

"됐고요. 난 갑질 당해서 너무 억울한데, 그들이 계속 그렇게만 본다면 나도 더 할 말 없어요. 나도 지긋지긋해요. 결국, 일자리 지원센터에서 제게 뭘 해줄 수 있는 게 없다는 얘기잖아요, 그렇죠?"

"그게 아냐. 실은 말이야. 다시 난벌레에 다시 입사해줬으면 좋겠어."

"네?"

"며칠 전 난벌레 대표님이 우리한테 연락했어. 그 일에 대해 다시 말해보니, 그가 반성하는 모습을 보였어. 대표님은 너와 그 디자이너 사이에서 갈팡질팡하니까 순간적으로 욱했던 거야. 그 디자이너가 정계에 속해서 선거공보물 전문으로 만드는 수석 디자이너거든. 대표님 입장에서는 조심스러웠겠지. 그렇다고 너한테 그런 게 용납된다는 건 아냐. 되레 네가 마음에 든대. 자신한테 대든 사람은 네가 처음이래. 그러니…… 네가 기회를 한 번 더……."

"말 같지도 않은 소리 작작 좀 해라팡. 그 인간 진짜 싸이코 아니냐팡? 현이는 그런 TMT 꼰대한테 좌지우지될 호구가 아니다팡. 이 빌어먹을 호구체커, 그런 일 당하게 해 놓고 이딴 부탁을 하고 싶냐팡? 그렇게 현이가 만만하냐 팡?"

"호구가 뭐 어때서쉬? 웬만한 사람들 다 그렇게 산다쉬."

"뭐라고팡?"

"기업에서 오래 버티는 사람들이 대부분 어떤 사람들인지 아냐쉬? 다 절박한 사람들이다쉬. 여기 있는 미영이도 마찬 가지다쉬. 몇 년 전 남편이 사업 부도로 재산 다 말아먹었 고, 곧 대학 보내야 할 애들이 2명 있다쉬. 세상이 아무리 변했다고 하지만, 요즘 대학 안 나온 사람들을 사람 취급해 주냐쉬? 아직도 개차반 인생으로 보지 않냐쉬. 게다가, 너 희들이 꼰대라 여기고 싫어하는 일자리 지원센터 본부장, 우리 둘도 사실은 얼마나 싫어하는지 알고 있냐쉬? 기껏 짠 프로그램 그 인간한테 몇 차례 퇴짜맞고, 프로그램 도중 에는 구직자들 태도 때문에 짜증 나서 신경질 부리고, 그동 안 수강한 구직자 중에서 현재까지 기업 잘 다니고 있는 구직자들은 얼마 안 되는 원인을 미영이한테 다 돌리면서 더 성과 내라고, 그래야 정부가 지원금을 준다며 난리친다 쉬. 전에도 그 인간이 싫은 소리 했다고 너희들이 엿 먹어 보라는 심사로 '난벌레' 안 다닌다고 전화 통보했을 때도 미영이가 얼마나 당했는지 아냐쉬? 그런데도, 왜 거지 같은 직장 못 그만두는지 아냐쉬? 지금 미영이가 그만두면 모든 걸 포기하는 거와 마찬가지이기 때문이다쉬. 결국, 말 잘 듣는 사람이 오래 간다쉬. 그런데 너희들은 단순히 반골 기질인 주제에 너희 뜻에 간섭하려는 사람 있으면 함부로 '꼰대'라 규정짓고, 그들을 따르는 사람은 '호구'라고 업신여기지 않냐쉬? 너희들은 너무 너희들만 생각한다쉬."

"말도 안 된다팡. 김미영 저 여자 사정을 다 믿을 수도 없거니와, 아무리 절박하다고 한들, 우리의 기준이 없을 거라고 생각하냐팡? 그동안 현이한테 갑질한 기업 인간들, 다 선 넘은 인간들이었다팡. 방송국 팀장 그 작자는 함부로 프로그램 폐지했고, 처음 들어간 디자인 회사는 경영 악화로 현이한테 월급도 제대로 지급하지 못했다팡. 다음 들어간 디자인 회사 디자이너들은 텃세가 엄청 심했고, 언론사 편집팀장은 추파 던진 주제에 실력 부족 평계로 되레 갑질했다팡. 채근했다고 함부로 직원 해고한 그 벌레는 두말할 것도 없고 말이다팡. 너희들 말대로라면, 현이가 그런 인간들한테 마음대로 휘둘러도 괜찮다는 거냐팡? 대체 자신은 언제 돌봐야 하는 거냐팡?"

"현이 씨, 그동안 그런 수모 당하면서 곁에서 도와주는 사람 아무도 없었잖아? 이번에는 달라. 지금 코로나19로 인해 고용문도 닫혔고, 현재 현이 씨 받아주는 곳은 난벌레밖에 없어. 원한다면, 일자리 지원센터가 현이 씨가 더는 수모 당하지 않도록 감시를……."

"웃기지 마. 내가 잘되길 바랐으면 애초에 더 신중했어야지. 이미 늦었어. 절대 그딴 데 안 가. 언제인지 모르지만, 나중에라도 제대로 된 사람 만나든가, 반드시 자립하고 말지, 너희 따위한테 휘둘릴 거 같아?"

갑(꼰대)과 을(호구)의 갈등은 여전히 계속되고 있다. 이 둘을 관리·감독하는 기관들, 지금 제대로 일하고 있나?

P양과 P군

정훈

P양 1

"죽고 싶다…."

무의식적으로 내뱉었다. 아직 끝나지 않은 겨울의 바다는 바람이 강하게 불었다.

"춥다."

더 강한 바람이 불어오자 겉옷에 달린 모자를 뒤집어썼다. 옷의 빈틈 사이로 바람이 파고들었다. 파르르 떨며 몸을 더 작게 웅크렸다. 파고드는 바람을 막으려 애써봤지만 사이사이로 들어오는 바람을 막을 수 없었다.

해안가를 따라 걷다가 멈춰 주변을 천천히 둘러보았다. 평일임에도 불구하고, 바다를 보러 온 사람들이 제법 많았다. 같은 색의 옷을 맞춰 입고 사진을 찍고 있는 커플, 제법 잘 뛰어다니는 아이와 그 아이를 따라서 같이 뛰는 엄마, 손을 잡고 나란히 걷는 70대로 보이는 노부부 등. 여기 있는 사람들은 부는 바람은 상관없는 듯, 아니 오히려 겨울의 그 바닷바람이 부는 것을 즐기는 듯했다.

그때 안쪽 주머니 깊숙한 곳에 넣어둔 핸드폰의 벨이 요란하게 울렸다.

"아… 여보세요?"

"뭐야 왜 이렇게 연락이 안 돼? 걱정했잖아. 어제 왜 안 왔어? 잊어버렸어?

"미안… 일이 생겨서 어쩔 수 없었어. 나도 진짜 가고 싶었는데… 미안해."

이것저것 물어보는 친구의 말에 연신 미안하다는 말만 하면서 전화를 끊을 수밖에 없었다. 전화를 끊고 무엇인가 생각하는 듯 제자리에 서 있었다.

"하아…."

깊은 한숨을 내뱉고 다시 걷길 시작했다. 신발 틈 사이로
모래가 들어왔다. 분명히 느끼고 있었지만 무시하고 걸었
다.

'바다는 원래 이런 곳이니까.'

*

P군 1

"모르겠다."

가장 많이 하는 말이다.

바다가 잘 보이는 벤치에 앉아 있었다. 가방에 넣어둔 핸
드폰에서 진동이 울리기 시작했다. 핸드폰을 꺼내 이름을
확인했다.

"씨발. 진짜."

짧은 욕설과 함께 진동을 끄고 다시 가방에 넣었다.

주위에 사람이 있었다면 분명히 들렸을 것이다. 하지만 앉아있는 벤치는 사람들이 많이 찾는 바닷가와는 멀리 떨어져 있었다.

"하아…."

한숨을 크게 쉬고는 고개를 들어 바다를 보았다. 바다는 파랬다. 하늘에는 구름 한 점 없었고, 바다 위에는 작게 보이는 배 한 두 척만 지나다닐 뿐이었다. 아무 생각도 하고 싶지 않았다. 아무것도 신경 쓰고 싶지 않았다. 그래서 아무 생각도 하지 않으려, 아무것도 신경 쓰지 않으려 애썼다. 하지만 생각하지 않으려 해도, 아무것도 신경 쓰지 않으려 해도, 머리속을 뚫고 나오는 것을 막을 수 없었다. 그럴 수밖에 없다는 것을 알고 있었다.

*

P양 2

바닷바람을 막으려 심은 소나무 사이의 산책로를 따라 걷고 있었다. 천천히 길을 따라 걸었다. 어디로 가야할지 몰랐다. 그냥 걸었다. 바닷바람이 나무사이로 불었지만 강하진 않았다.

산책로에는 사람들이 이런저런 이야기를 하며 걷고 있었다. 문득 걷다가 멈춰 이어폰과 핸드폰을 꺼냈다. 이어폰과 핸드폰을 연결하고 양쪽 귀에 이어폰을 꽂았다. 엉겨있는 이어폰의 줄이 성가셨다. 이미 엉킬 대로 엉킨 이어폰 줄은 잘 풀리지 않았다. 순간 화가 올라와 줄을 잘라버리고 싶었다. 하지만 대안이 없었다. 자를 수 없었다.

마땅하게 듣고 싶은 노래는 없었다. 흘러나오는 노래도 마음에 들지 않았지만 이어폰을 뺄 수 없었다. 그래서 그대로 걸었다. 산책로 중간에는 오래된 건물들이 드문 있었다. 예전에는 중요하게 사용했을 것 같지만 지금은 거의 사용하고 있지 않은 듯 했다. 형태도 거의 남아있지 않았다. 오래된 시멘트 덩어리의 몇 개의 벽면과 그 안에서 사용했던 것으로 보이는 오래된 물건들만 남아있었다.

첫 번째와 두 번째 건물은 그냥 무시하고 지나쳤다. 세 번째 건물을 마주했을 때 조금 자세히 봤다. 세 번째 건물은 첫 번째와 두 번째 건물보다는 조금 더 큰 건물이었다. 문득 궁금해졌다. 안에 무엇이 있는지. 안에 무엇인가 있다는 것을 알고 있었다. 그런데 잘 생각이 나질 않았다. 그래서 더 궁금했다.

건물은 입구랄 것이 없었다. 들어가기 위해선 벽의 좁은 사이로 몸을 비집고 쑤셔 넣어야 했다. 몸을 겨우 넣어 들어간 그 곳은 먼지가 가득 쌓여 있었다. 한동안 아무도 들어오지 않은 것 같았다. 바닥에는 오래된 물건들이 형태를 정확하게 알아보기 힘든 형태로 버려져 있었다.

손으로 입을 가리고 천천히 둘러보았다. 문득 불안감이 심장이 강하게 뜀과 동시에 느껴지기 시작했다. 불안함은 점점 커져 서 있기 힘들 정도였다. 그곳에 있는 것도 힘들었다.

눈을 가리고 싶었다. 귀도 막고 싶었다. 들어온 방향이 어딘지 알 수 없었다. 문득 보이는 벽 사이의 넓은 공간만 눈에 띄었다. 벽 사이를 지나 몸을 넣는 순간 누군가와 눈이 마주쳤다.

"어억"

약간의 놀램과 함께 멈춰 있을 수밖에 없었다. 아마도 그 시간은 짧은 시간이었지만 짧은 시간이 아니었다. 움직이지 않았다. 아니 움직일 수 없었다. 상대방도 움직이지 않았다. 아니면 움직일 수 없었는지 그대로 계속 서 있었다. 똑바로 쳐다보진 못했다. 하지만 모습은 뚜렷했다. 분명히 예전에 본 모습이었다. 생각했다. 하지만 기억이 나지 않았다. 많이 봤던 모습이었다. 확실하다. 하지만 똑바로 쳐다보진 못했다. 두려웠고 무서웠다.

얼굴에 열이 올랐다. 아마 두 뺨이 붉게 물들었을 것이다. 자리를 떠나고 싶었다. 순간 고개를 돌려 벗어날 곳을 찾았다. 들어온 곳보다 더 좁은 벽 사이를 발견했다. 몸을 쑤셔 넣었다. 잘 들어가지 않았다. 벗어나기 너무 힘들고 어려웠다. 너무 부끄러웠다. 하지만 마주 보고 있는 상황이 더 싫었다. 억지로 몸을 겨우겨우 다 쑤셔 넣고는 도망치기 시작했다. 어딘지도 모르는 방향으로 달렸다. 계속 도망쳤다.

뒤를 돌아보지 못했다. 다시 마주칠까봐. 그렇게 계속 도망쳤다.

*

P군 2

해가 서쪽 산으로 향하고 있었다. 동쪽 하늘에는 그새 구름이 바람을 타고 흘러들었다. 작은 구름들이 떼를 이뤄 하늘을 가득 채웠다.

기온이 급격하게 내려갔지만 두텁게 준비해온 외투 탓에 춥다는 느낌이 많이 들지 않았다. 그래서 천천히 바닷가의 바람을 따라 걸을 수 있었다.

방금 전 일이 생각났다. 걷다가 저 멀리 있는 건물에 무엇이 있을까 궁금했다. 멀어 보이기도 했고, 가까워 보이기도 했다. 하지만 생각보다 멀지는 않았다. 궁금했다. 벽은 여러 개 구분되어 있었다. 입구로 보이는 벽 사이의 공간이 눈에 띄었다. 그 중 하나의 입구로 발을 내딛었다. 천천히 살피며 들어갔다. 안은 어둡고 뿌옇게 보여 무엇이 있는지 알 수 없었다. 그때 검은 고양이 한 마리가 벽의 뒤에서 나타났다. 어둡고 뿌연 그 속에서 고양이의 모습은 정확히 볼 수 있었다.

"아악"

갑작스런 등장에 신음소리를 내며 한 발자국 뒤로 물러났다. 짧은 순간 빤히 보더니 천천히 걸어 다시 벽 뒤로 사라졌다. 놀란 마음에 사라진 방향을 계속 보고 있을 수밖에 없었다.

그때 커다란 물체가 벽 뒤에서 나타났다. 뭔가 어둡고 초라한 모습이었다. 힘이 없어 보였으며 생기가 전혀 없었다. 하지만 뚜렷하게 보이진 않았다. 분명한 것은 서로 마주 보고 있었다는 것이다. 서로 분명히 서로를 보고 있었다. 서로 아무것도 하진 않았다. 그냥 가만히 있었다. 그러다 갑자기 먼 쪽으로 사라졌다.

왜 이렇게 사라졌는지, 왜 저런 모습을 하고 있는지. 궁금했다. 따라가 보고 싶었지만 그러지 않았다. 딱히 이유는 없었다. 그냥 싫었다. 가지 않으면 후회할까 잠깐의 고민도 했다. 하지만 후회하지 않기로 했다.

바다를 따라 걷는 지금도 후회하지 않았다. 하는 것이 싫으니 하지 않는 것이 중요하다 생각했다. 하지 않은 것에 대해 후회하고 싶지 않았다. 그냥 지금은 하지 않는 것이 중요하다 생각했다. 지금 겪고 있는 다른 많은 일들로 충분히 벅찼다. 그래서 아무것도 하지 않았다. 그냥 천천히 걷고 싶었다.

'하기 싫어'

*

P양 3

해가 산 끝에 걸려 넘어가고 있다. 어둠이 조금씩 주위를 가득 채우고 있었다. 계속 산책로를 따라 걷다보니 번화가에 도착했다. 카페와 횟집이 많았다.

횟집 밖의 수조에는 다양한 물고기들이 있었다. 모자를 벗고 이어폰을 빼고 관찰하기 시작했다. 어디서 본 듯한 물고기가 있었다. 물고기는 좁은 수조 속에서도 이리저리 헤엄치고 있었다. 그런 물고기를 계속 보고 있었다. 계속 관찰했다. 안에 있던 사람이 한참을 지켜보다가 밖으로 나왔다.

"혼자 왔어요? 회 한 접시 줄까요?"
"아… 아니요. 괜찮아요. 다음에 올게요."
"괜찮아요. 진짜 싸게 줄게 들어와요."
"아… 아니에요. 감사합니다."

빠르게 도망쳤다. 부끄러웠다. 말은 친절했다. 그래서 더 그 자리에 있기 싫었다. 숨이 차서 더 움직일 수 없을 때까지 도망쳤다.

숨을 크게 들이마셨다. 좋은 커피향이 났다.

'딸랑'

문에 붙어있던 풍경에서 맑은소리가 났다. 그제야 주위를 둘러봤다. 근처에 카페가 있었다. 문이 열릴 때 마다 커피 향이 따뜻한 바람을 타고 흘러나왔다. 따뜻함을 분명히 느낄 수 있었다. 그리고 맛있는 커피향이라는 것을 분명히 알고 있었다. 마시고 싶었다.

고개를 들어 건물을 살펴봤다. 2층에 낯익은 모습이 보였다. 아까 본 그 모습이었다. 분명히 알 수 있었다. 또 마주칠까 두려웠다. 피하는 것 밖에 방법이 없었다. 고민했다. 이 카페를 지나가면 더 이상 아무것도 없을 것 같았다. 배가 고팠다.

앞으로는 갈 길이 없었다. 잠깐 고민했다. 유일한 방법은 지나온 길로 걸을 수밖에 없었다. 반대로 걸었다. 카페를 지나 횟집을 지났다. 그리고 작은 가로등이 켜 있는 산책 길로 다시 걸었다. 아까 들어갔던 벽도 보였다. 다시 들어가지 못했다. 모자를 다시 뒤집어쓰고 걸었다. 빠르게 걸었다. 그렇게 꽤 오래 걸었다. 걷다보니 오른편에 가게가 하나 보였다. 간판에 작은 불이 켜져 있었다.

'백반'

배가 고파 걷는 것을 포기하고 가게 안으로 들어갔다. 가게 안은 밖보다는 따뜻했지만 생각보단 많이 따뜻하진 않았다. 하얀 머리가 듬성듬성 빠져 많이 남지 않은 노인이 TV를 틀어놓고 보고 있었다. 물이 열리는 방울소리에 문쪽을 쳐다보고 다시 뒤쪽의 주방을 봤다.

"할멈! 손님 왔어. 여 나와."

그러자 주름이 많은 얼굴에 어울리지 않을 정도로 새까만 머리를 한 노인이 주방 뒷문을 열고는 가게 안으로 들어왔다. 그리고 반갑게 말을 걸었다.

"아이고 이쁜 젊은이가 왔네~ 그래 이쪽으로 앉아요."
"아… 네…."
"그래 우리 이쁜 젊은 분은 뭘로 드릴까?"
"백반으로 하나 주세요."

대답과 함께 백발의 노인은 주방으로 들어갔다. 그리고 가스에 불을 붙이고 음식을 준비하기 시작했다. 주름이 많은 노인은 물과 물수건을 가져다주고 그릇을 꺼내 반찬을 담기 시작했다. 물을 따라 한 잔을 쉬지 않고 들이켰다. 문득 노인들이 자신을 어떻게 보고 있을까 쳐다보았다. 하지만 노인들은 자신의 역할에 맞게 음식을 준비하고 있었다.

생선 굽는 냄새가 주방에서 흘러나왔다. 그 냄새를 맡자 술이 먹고 싶었다. 음식이 나오자 술을 한 병 시켰다. 혼자서 술을 시키는 것은 처음이었다. 태연한 척 시키면서 노인을 쳐다보았다. 노인들은 크게 신경 쓰지 않았다.

뚜껑을 따 잔에 가득 채워 그대로 입안에 털어 넣었다. 목구멍에서 쓴맛, 탄 맛, 신맛, 텁텁한 맛이 한 번에 올라왔다. 알코올 냄새가 콧속을 타고 올라와 자극했다. 역겨웠다. 예상한 느낌은 이게 아니었다. 목구멍부터 입술까지 막히는 느낌이 들었다. 이런 느낌들이 뒤섞여 몸 안에 남아 있었다. 식사가 끝날 때까지 몸 이곳저곳을 불편하게 만들었다.

서둘러 음식을 입에 넣고 씹기 시작했다. 술은 끝날 때까지 더 먹지 못했다.

*

P군 3

커피가 먹고 싶었다. 막 내려서 따뜻한 커피를. 카페를 찾으려 핸드폰을 꺼냈다. 보고 싶지 않은 메시지 알림이 핸드폰 화면에 가득했다.

"진짜 싫다."

제법 많이 쌓인 메시지를 다 지웠다. 메시지를 지우는 것만으로도 충분히 지쳤다. 커피가 먹고 싶었다.

맛있는 커피를 팔 것 같은 카페를 찾았다. 길을 알려주는 어플리케이션을 켜고 안내해주는 길을 따라 걸었다. 현재의 위치, 가야할 방향, 거리, 위치를 알려준다. 그래서 좋았다. 하지만 무엇보다 더 좋은 것은 잠시 멈추어 있어도, 안내하는 길이 아닌 다른 길로 걸어도, 그 길의 끝에는 항상 가고 싶은 목적지가 나왔다. 기다려주고 변경해주었다.

부드러운 커피향이 차가운 공기를 뚫고 느껴질 때 쯤 목적지에 도착했다. 문을 빠르게 열고 제일 맛있어 보이는 골랐다. 생각보다 안은 따뜻하게 느껴지지 않았다. 두꺼운 외투를 벗으니 그제야 따뜻한 공기를 몸으로 느낄 수 있었다.

커피를 받아들고 2층의 바다가 보이는 자리에 앉았다. 잔의 손잡이를 들고 한 모금 입에 담았다. 커피가 혀를 타고 목으로 넘어가는 순간 쓴맛, 탄 맛, 신맛, 텁텁한 맛이 함께 느껴졌다. 하지만 이내 그 맛은 향과 뒤 섞이면서 달콤한 느낌을 만들어 냈다.

살 것 같았다. 평소에는 매일 출근해서 몇 번씩 먹는 커피였다. 하지만 최근에는 어떤 이유에서 인지 먹지 않았다. 오랜만에 먹는 커피였다. 좋았다.

커피를 반쯤 마시고 나서야 창밖이 보였다. 해가 이미 산 뒤로 넘어가서 창밖엔 어둠이 가득 차 있을 거라 생각했다. 하지만 건물 안의 조명과 길거리에 있는 가로등이 밖을 환하게 비추고 있었다. 사람들은 거리를 걷고 있었고 표정은 밝았다. 같은 색의 옷을 입은 커플도 그랬고, 친구들끼리 놀러온 사람들도 그랬다. 강아지와 산책하던 한 노인도 그랬으며 아이를 안고 있는 남자도 그랬다. 조명이 그런 사람들을 감쌌다. 그 모습은 묘한 분위기를 만들어 오히려 안보다 따뜻해 보였다. 그런 밖을 보면서 잔에 있는 커피를 비워갔다.

그러던 중 반대편 구석 테이블에 앉아 있는 부모와 아이의 목소리가 들렸다.

"밖에 나갈래."
"밖에 이렇게 추운데 어딜 나가려고~"
"싫어. 밖에 나가서 놀 거야."
"밖에 춥다니까. 어딜 자꾸 나가려고 그래 응?"
"하나도 안 추워요. 안에 가만히 있으면 심심해요."
"그냥 여기서 이렇게 있는 게 엄마는 제일 좋은데."
"난 싫어. 여긴 심심해. 가만히 있어야 되니까. 너무 심
심해. 나갈래."

아이는 자꾸 놀고 싶은지 엄마를 졸랐다. 부모는 아이를
이기지 못하고 결국 아이와 함께 밖으로 나갔다. 아이는
어려 보였지만 곧잘 혼자서 잘 걸었다. 그렇게 아이는 계
단을 혼자의 힘으로 걸어 내려갔다. 가족이 사라지는 모습
을 끝까지 봤다. 커피잔 안에는 커피가 거의 남아있지 않
았다. 하지만 자리에서 벗어나기 싫었다. 밖으로 나가기 싫
었다. 한참을 그 자리에서 밖을 보고만 있었다. 아이는 밖
에서 뛰기 시작했다.

고민하기 시작했다.

'뭐… 하지?'

"이제 뭐 하지…."

뭘 할지 고민했다. 고민을 하다 고민을 하는 것도 하지 않기로 했다. 고민하는 것도 하기 싫었다. 핸드폰이 울려 메시지를 확인했다. 답장을 할까 하다가 그것도 다시 그만 두기로 했다. 귀찮았다. 이어폰을 꽂아 주변의 소리를 차단 하고 그렇게 앉아서 시간만 보냈다.

"저기 손님 죄송합니다. 문 닫을 시간입니다."

눈앞에 직원이 나타나 말하고 나서야 이어폰을 뺐다. 이 어폰을 빼니 카페의 종료를 알리는 안내음성이 들렸다. 그 대로 자리에서 일어났다. 벗어둔 겉옷을 다시 걸치고, 천천 히 자리를 정리했다. 컵을 반납하고 문으로 향했다.

'어디로 가야 되는 거지….'

출구에 서 크게 숨을 쉬고 손바닥을 문에 붙여 강하게 밀었다. 그대로 힘차게 밖으로 나갔다. 어디로 가야 할지는 잘 몰랐다. 문을 열고 어딘지 모르는 방향을 향해서 걷기 시작했다. 문이 닫히는 순간 문 가장 윗부분에 아슬아슬하게 달려있던 은색의 종이 바닥으로 떨어졌다. 이미 고장나 울리지 못했던 은색의 종은 그대로 버려졌다. 아마 다른 무엇인가가 그 종이 떨어진 자리를 대체했을 것이다.

*

P양 4

감사의 인사를 하면서 밖으로 나왔다. 올 겨울은 유난히 추웠다. 눈은 거의 오지 않았고 찬바람만 불었다. 찬바람은 정말 추웠다. 밤이 깊어질수록 추위는 조금 더 다가왔지만, 속을 밥으로 채우고 걸으니 버틸 수 있었다. 거리에는 많지는 않지만 아직 사람들이 걸어 다니고 있었다.

길을 걷다가 문득 가고 싶은 장소가 생각났다. 큰길의 버스정류장으로 향했다. 멀리서 하나의 버스가 신호를 기다리고 있었다. 저 버스가 목적지로 향하는 버스임을 알 수 있었다.

*

P군 4

사실은 3일 전 일출을 본다는 목적으로 여기에 왔었다. 하지만 매일매일 계속 늦게 일어났다. 오기 전에도 늦게 일어났다. 항상 전날에 늦게 잤다. 밤에는 잠을 자는 것이 싫었다. 두려웠다. 하루가 만족스럽지 못하면 그럴 수 있다는 이야기를 들었다. 늦게 일어났기 때문에 계속해서 아침은 없었다. 아침에는 무기력하고 피곤이 몰려와 하루를 시작할 수 없었다. 12시가 넘어서야 하루가 시작됐다. 무작정 버스를 탔다. 묵던 숙소가 근처에 있었지만 버스를 타기로 했다. 버스를 타고 한 시골마을로 이동했다. 주위를 살피며 쉴 곳을 찾았다. 오래된 여관을 발견하고는 곧장 그리로 향했다. 좁은 구멍으로 주인이 손을 내밀며 방을 안내했다. 방은 생각보다 깔끔했다. 시골의 여관으로서는 밤을 보내기엔 충분했다.

*

P양 5

잠에서 깼다. 알람이 울리거나 하진 않았지만 일어나야 할 시간이라는 것을 본능적으로 알았다. 시계를 보니 새벽이었다. 4시 32분을 가리키고 있었다. 간단히 세수를 하고 방을 나섰다. 가야할 곳을 알고 있었다. 시간적 여유가 있어 천천히 가야할 곳을 향해 걷기로 했다. 아직 어둠 채 가지 않았지만 아직 간간히 켜 있는 가로등이 길을 밝혀주었다. 입구에 있는 큰 문을 지나 천천히 절 안으로 들어섰다. 제법 꼬불꼬불한 등산로를 따라 앞서가는 사람들도 아마 나와 같은 목적지를 향해 걸어가고 있었을 것이다.

*

P군 5

절 안에는 정자가 있다. 바다가 잘 보이는 이곳은 해안 언덕에 있어 일출을 보기 좋은 곳이다. 그런 일출을 보기 위해 의상대에 도착했다. 해가 뜨기까지는 아직 시간이 남아있었다.

"자기야 해 뜨려면 아직 멀었어?"
"추워? 아직 조금 더 기다려야 돼."

일출을 보기 위해 꽤 많은 사람이 정자에 앉아 있었다. 사람들은 기대하는 마음으로 해가 뜨기만을 기다리고 있었다. 기도하는 사람도 있고, 졸고 있는 아이를 안고 있는 부모, 커플 여행을 온 듯한 남녀, 할아버지와 할머니를 모시고 온 대가족 등 정말 다양한 사람이 함께 있었다.

*

P양 6

시간이 됐다. 이제 해가 뜰 시간이었다. 수평선이 붉어짐을 시작으로 하늘과 바다가 조금씩 붉게 물들기 시작했다. 하지만 해는 보이지 않았다. 구름에 가려있었다. 기다려 봐도 해는 보이지 않았다.

*

P군 6

주위의 사람들은 실망하기 시작했다.

"아 해가 안보여 엄마."
"바다에 구름이 많아서 잘 안보이네."
"아쉬워서 어떡해… 잉."

아쉬움이 컸다. 볼 수 있을 것 같아서 더 아쉬웠다. 그렇게 몇 분을 더 기다리다가 발걸음을 돌렸다. 그렇게 아쉬움에 그 절을 떠났다. 아쉬움이 조금 더 크게 느껴졌다.

*

P & P

아쉬움에 발걸음을 돌릴까 고민을 했다. 예전에 왔을 때도 같은 상황이었다. 몇 분 기다렸지만 일출을 보지 못하고 내려갔다. 그래서 꼭 보고 싶었다. 하늘은 제법 밝아졌지만 해는 보이지 않았다. 오늘은 조금 더 기다리기로 했다. 많은 사람들이 포기하고 내려가기 시작했다. 마지막엔 혼자 남아있었다. 조금 더 기다렸다. 예전보다 오래 기다렸지만 결과는 같았다. 하지만 이번에는 후회는 없었다.

천천히 걸음을 떼고 내려가기 시작했다. 이제 어떻게 해야 할지 다시 고민하기 시작했다. 내일 다시 와야 하는 건지, 아니면 그냥 집에 가야하는 건지. 또 답 없는 고민과 걱정만 하기 시작했다.

그때였다. 뒤가 밝아지는 느낌이 들었다. 따뜻해지는 느낌도 들었다. 뒤를 돌았다. 해가 구름 사이에서 솟아 올라오기 시작했다. 눈이 부셨다. 눈은 햇빛으로 감겼지만 입은 커졌다. 입꼬리는 올라갔고 기분 좋은 웃음이 흘러나왔다. 눈이 부셔 손으로 눈을 가리려다 말았다. 해를 정확히 보고 싶었다. 그렇게 서서 해를 보고 있었다.

시간이 조금 지난 뒤 정자에서 사람으로 보이는 하나의 검은 형체가 내려왔다. 내가 도망갔던 장소에서 본 그 형체였다. 그 형체는 멈추지 않고 그대로 내려와 나의 앞에 섰다. 그리고 그 형체는 정확하게 나를 보고 있었다. 도망가고 싶었다. 하지만 이번에는 해를 보듯 형체를 정확히 보려 노력했다. 그때서야 나는 비로소 그 사람이 나라는 것을 알 수 있었다.

나는 똑바로 보았다. 과거를 돌아보았다. 부끄러움 앞에
당당할 수 있었다. 이제는 무엇을 해야 할 것인지 알았다.
하고 싶은 일들이 생각났다. 더는 죽고 싶지 않았다.

그때 내 앞에 서 있던 '과거의 나도' 햇빛을 향해 돌아섰
다.

소녀는 외쳤다

이혜민

밤하늘에 달빛이 구름에 가려 유독 더 어두운 밤이었다. 겨울바람이 세차게 불었다. 나의 두 뺨과 코, 그리고 손끝은 붉었다. 가로등 아래 나뭇잎 하나 없이 앙상한 나뭇가지가 부들부들 떠는 게 보였다.

가까워지는 집이 반갑지만은 않다. 요즘 아버지는 일을 마치고 집에 오면 항상 술을 찾았다. 분명 아침에는 단정했던 머리와 옷깃은 저녁이 되면 항상 엉망진창이 되어있었다. 지금 나는 아버지의 술 심부름을 다녀오는 길이다. 한 발자국씩 천천히 걸었지만 어느새 대문 앞이다. 숨을 들이마시고 내뱉으니 뽀얀 입김이 났다. 나는 숨을 고르고 대문을 열어 집으로 들어갔다. 아버지는 머리를 푹 숙여 초점을 잃은 눈을 하고 있었다. 그리고 어머니는 방 안에 엎어진 상을 치우고 계셨다. 어머니의 머리는 헝클어져 있었고, 머리카락 사이로 보이는 뺨은 붉게 부어보였다. 한바탕 뒤집어진 집안을 보니 무슨 일이 있었는지 짐작할 수 있었다.

나는 조심스럽게 문을 평소보다 세게 닫으며 인기척을 냈다. 그러자 아버지는 내가 두 손으로 버겁게 들고 있던 항아리를 한 손으로 빼앗았다. 그리고 한 잔 따라 마셨다. 아버지의 얼굴은 이미 붉게 달아올라있다. 아버지는 내일이 오지 않았으면 좋겠다며 혼잣말을 하며 한숨을 내쉬었다. 다시 한숨 한 번에 술 한 모금을 마셨다. 평소 별말씀이 없던 아버지는 술만 마시면 화가 많아졌다. 그리고 다음날 아침이 되면 전날의 기억이 나질 않는 건지, 알면서도 모른 체 하는 건지, 다시 말씀이 없으셨다.

아버지는 술을 병 째 마시다가 취한 나머지 얼굴에 술을 엎어버리고 말았다. 술이 코로 들어갔는지 아버지는 얼굴이 빨개지도록 기침을 했다. 나는 술로 범벅이 된 아버지 얼굴을 수건으로 닦아드리려 가까이 갔다. 그러나 아버지는 나의 손을 내쳤고, 아버지 꼴이 우스워 보이냐며 나의 손에 있던 수건을 빼앗아 내던졌다. 나는 떨리는 손으로 수건을 주워 그런 게 아니라고 이야기했다. 그리고 다리로 한 발자국 한 발자국 천천히 뒷걸음질을 쳤다. 그러다 다리가 꼬여버려 나는 넘어져버렸다.

정신을 차릴 새도 없이 아버지는 내 어깨를 잡고 소리를 질렸다. 분노에 찬 아버지의 얼굴이 너무 가까운 나머지 숨이 턱 막혀버렸다. 나를 내려다보는 아버지의 그림자에 놀려 고개를 들 수 없었다. 아버지는 무방비가 된 나의 **뺨을** 내쳤다. 뺨이 아팠지만 아버지의 분노 앞에 내 몸은 경직되어 아버지를 쳐다볼 수도, 자리에서 일어설 수도 없었다. 아버지는 비틀거리며 바닥에 쓰러진 내게 발길질을 했다.

아버지는 낮에 일본 경찰들에게 맞은 어깨를 짓눌렀다. 너무 아파 눈시울이 붉어졌다. 통증이 심해 빠르게 움직이기 힘들어 아버지의 발길질을 피할 수 없었다. 아버지는 술을 마실 때면 큰 손바닥으로 나의 머리와 **뺨을** 내리치기 일쑤였다.

처음 맞았을 때 내 머리와 마음으로는 이해할 수 없었다. 그런데 그날은 내가 유난히 많이 아팠었다.

*

그날은 어김없이 통학열차를 타고 하교하던 때였다. 선선한 듯 조금 쌀쌀한 바람이 불었다. 나주역에 도착한 나와 친구들은 열차에서 내렸다. 많은 사람들 사이를 비집고 역에서 나왔다. 곧 나주역은 노을로 붉게 물들었다. 그리고 그 끝은 싸늘한 어둠이 뒤따르고 있었다. 추운 날씨 탓인지 등골이 서늘했다.

우리 소녀회 일원은 이런저런 이야기를 하며 집을 향했다. 열차에서 끝내지 못한 이야기를 마저 하려던 찰나, 누군가 우리의 발걸음을 멈추어 세웠다. 온기없이 차가운 손이 나의 어깨 위에 올라왔다. 발끝에서부터 소름이 돋았다. 살짝 떨며 뒤를 돌아봤다. 이름도 모르는 일본인 남학생이었다. 그 무리는 일본말로 우리에게 말을 걸며 다가왔다. 별 시답잖은 이야기를 지껄이며 더 가까이 다가왔다. 듣고 싶지도, 보고 싶지도 않은 그들의 눈빛과 입김은 나를 숨막히게 했다.

어느 순간 한 아이의 팔은 내 어깨를 감쌌고, 손은 팔뚝을 잡고 있었다. 힘을 주지 않았음에도 알 수 있었던, 나와는 다른 힘이 두려웠다. 크고 두꺼운 팔로 감싼 어깨는 잔뜩 긴장을 했다. 아무렇지 않게 내 몸에 닿는 그 손이 싫었고, 무서웠다. 크고 투박한 손은 마치 아버지의 손과 닮았었다. 언제 내리칠지 모르는 그 손이었다.

나는 계속해서 걸어오는 대답할 가치없는 말들을 무시했다. 해도 저물어 가고 있었기에 얼른 고개를 돌렸다. 그러자 일본인 남학생 무리가 우리 댕기를 잡아당겼다. 나는 그 손을 뿌리쳤다. 불쾌한 기분은 내 표정을 점점 더 어둡게 만들었다. 그러나 내 입술은 바들바들 떨릴 뿐, 떨어지지 않았다. 한마디 하는 게 참 힘들다는 사실에 너무나 분했다. 하지만 그 순간에도 아버지의 윽박과 내리치던 손과 발이 떠올랐고, 내가 할 수 있는 건 고르게 숨 쉬는 것 뿐이었다.

그때 사촌동생이 우리에게로 왔다. 나와 그 일본인 남학생 사이를 비집고 들어와 섰다. 나라에 큰일을 할 녀석이 비열하게 여학생을 괴롭히냐는 말을 했다. 그러나 뒤이어 일본인 남학생은 콧방귀를 끼며 센징이 까분다고 말했다. 센징이라는 말을 듣자 사촌동생은 눈을 부릅뜨고 그 아이의 어깨를 밀쳤다. 센징이라는 말이 주는 모욕감이 치밀어 올랐던 것이다. 바닥에 내동댕이쳐진 일본인 남학생은 일어났다. 곧 우리에게 시비를 걸던 무리와 사촌동생네 무리의 싸움으로 번졌다. 이 모습으로 바라보던 학생들이 하나 둘 모여 몸싸움은 더 크게 번졌다. 말리려고도 해봤으나 나의 말은 묻히기 십상이었다.

다행히도 얼마 지나지 않아 경찰이 도착했다. 그러나 싸움을 말리기는 말할 것도 없이 도리어 사촌동생네 무리를 비롯한 우리 조선인 학생들을 구타했다. 휘두르는 몽둥이와 모래 날리며 짓밟는 경찰들의 모습에 우리는 당장 할 수 있는 것이 아무것도 없었다.

여성으로서, 조선인으로서 우리는 모욕을 제대로 받았기

에 더 이상은 참을 수 없었다.

*

광주고등보통학교는 내가 중학생일 때 세워진 곳이었다.
중등학교를 다닐 시절에만 해도 고등보통학교를 진학할 수
있을지 의문이었다. 나주에서 광주까지 거리가 있었기에 하
숙을 하거나, 통학을 해야만 했다. 우리집은 돈이 없는 터
라 하숙을 하지 못하면 고등보통학교를 갈 수 없었다. 아
버지는 계집애가 공부해서 어디다가 쓰냐고, 괜히 쓸데없는
짓 하지 말라고 했다. 그렇게 낙심하던 어느 날부터 나주
에서 광주로 통학할 수 있는 열차가 생겼다.

열차가 생긴다는 소식을 듣자마자 어머니께 말씀드렸다.
어머니는 아버지는 어떻게든 설득해 볼 테니 꼭 학교에 가
라고 했다. 내색은 안했지만 나는 고등보통학교를 갈 생각
에 마음이 콩닥거렸다. 그날 이후로 어머니는, 유난히도 뺨
이 붉은 날이 잦았다. 어머니는 항상 괜찮다고 말했다.

고등학교에 진학해서 좋은 선배와 친구들을 만날 수 있었
다. 고등학교에는 나와 닮은 생각을 하는 친구들이 꽤 있
었다. 일제의 식민지배에 대한 이야기를 시작으로 우리는
틈이 날 때면 늘 식민지배에서 벗어나야한다고 이야기했다.

이해할 수 없는 억압 속에서, 조선인의 피가 흐르는 이 땅에서, 일본의 말을 배우고 일본의 사상을 심어 조선의 정신을 빼앗고자 하는 이 식민지배로부터 민족독립을 해야 한다는 마음이 모여졌다.

처음에는 몇 안 되는 친구와 선배들이 모여 간간히 그간 생각하던 것들만 나누었다. 우리는 한 사람만의 의사와 자유를 보장해주는 지금 같은 사회가 아닌, 더 많은 사람들이 덕을 볼 수 있는 모두가 함께 잘 살아갈 수 있는 사회를 만들고 싶어했다. 또한 여성으로서 억압받는 삶에서 해방되고자 했다. 서로가 살아온 길은 모두 달랐지만 우리는 변화된 세상에서 살고 싶어했고 함께 그런 세상을 만들어 가기 위해 모이게 되었다.

나주역 앞에서 꽤나 큰 소동이 벌어진 후로 며칠 동안 우리 조선인 학생들도, 함께 열차를 타고 통학하는 일본인 학생들도 예민한 상태였다. 한 열차를 타고 다니며 자연스레 함께 앉는 자리를 불쾌해했고, 좁은 열차 복도를 걸어다니며 스치는 눈빛을 경멸했다. 묘하게 긴장되는 열차 속, 한 학생의 비명이 들려왔다. 우리의 고개는 모두 한 방향을 향했다. 그곳에는 넘어져있는 우리 조선인 학생이 있었다. 들려오는 이야기로는, 일본인 학생이 일본의 노예인 주제에 까부는 조센징이 꼴보기 싫다며 그 학생을 밀쳐내 넘어뜨렸다고 했다. 그 이야기에 우리는 하나 둘 자리에서 일어났다. 처음에는 조선인의 자존심을 구긴 그 학생에게 이야기로 잘 타협하려고 하는 마음도 있었다. 하지만 그들이 우리를 대하는 태도에서 느낄 수 있었다. 그들은 우리를 지나가는 개미 마냥 가소롭다는 듯 여긴다는 걸.

열차 복도에는 패싸움이 번졌다. 너, 나 할 것 없이 격하게 싸웠다. 우리는 나라를 잃은 사람들이었고, 서러움과 원통함을 간직한 삶을 살고 있었다. 그것이 이곳에서 터져버린 것이다. 우리는 모두 한 마음으로 이를 꽉 물었다.

우리 소녀회는 그날 저녁 다시 모였다.

*

유난히 바람이 거세게 부는 날이었다. 일왕 메이지의 생일인 명치절 행사를 하는 날이었다. 학교에서는 필수 참여라며 우리를 줄 세워 행사장소로 이동시켰다. 11월 3일 우리는 그 행사를 참여해야했다. 음력 10월3일, 우리나라의 건국날, 일제는 일본 국가를 부르라고 요구했다. 이런 일이 한두 번 있었던 게 아니라 놀랍지는 않았다. 하지만 치욕스러움은 여전했다.

내쉰 한 숨과 함께 옆에 서있던 소녀회 친구와 눈을 마주쳤다. 마음이 통했는지 우리는 서로를 보며 옅은 미소를 띄었다. 시끌벅적한 축제 속 우리는 침묵했다. 아무 말도 할 수 없었고, 하지 않았다. 모두가 들뜬 가운데 우리는 침착했고, 준비했다. 곧 명치절 행사는 끝났다.

우리는 구호를 외치고 행진가를 부르며 광주 시내로 진출했다.

"조선 독립 만세, 일본 제국주의 타도, 식민 교육 철폐!"

학생들은 광주 시내로 모였고, 항의 시위를 벌였다. 거리에 있던 일본인 경찰들의 통제도 소용이 없을 만큼 꽤 많은 학생들이 모여 시위를 했다. 우리 조선학생이 일본학생에게 단도로 찔렸다는 소식을 들은 곳곳의 광주 학생들은 거리로 나왔다. 참고 참던 울분이 터졌다. 우리는 목이 터져라 조선 독립 만세를 외쳤다.

일부 학생은 나주역 사건에 대해 편파 보도를 내었던 광주일보사로 몰려가 윤전기에 모래를 뿌리기도 했고, 신사 참배를 마치고 돌아온 일본인 학생들과 집단으로 충돌하여 큰 싸움이 벌어지기도 했다. 생각보다 규모가 커졌고, 학생을 비롯한 청년들의 마음이 하나로 모였다. 그리고 일제의 통제와 감시는 나날이 심해져갔다.

이내 광주시는 모든 중등학교에 휴교령을 내렸다. 그리고 시위에 참여한 조선인 학생들 수십 명은 구금되었다. 시위를 하다 많은 학생들이 다쳤다. 경찰은 무자비하게 학생들을 통제했다. 머리를 시작으로 두 뺨과 목덜미, 어깨와 팔, 손목, 손가락, 가슴, 명치… 아이들은 멀쩡한 구석이 하나 없었다.

소녀회는 모여서 어떤 일을 해야 할지 이야기 했다. 가두시위 도중 다친 학생을 치료해주고, 식수를 구해다주고, 돌멩이를 나르는 등 일들을 분담했다. 그리고 구속된 학생들을 도울 수 있는 방법을 이리저리 고민했다. 결국 구속된 학생들을 돕기 위해 모금을 해서 형편이 어려운 학생 수감자의 가족들에게 전달했다.

시위에 참여한 학생들과 시민들은 얼마나 맞은 건지 파랗고 빨갛게 물든 멍을 이끌고 우리를 찾아왔다. 붕대를 아무리 풀어 둘러도 지혈이 되지 않았던 적도 있었다. 상처가 아파 울부짖는 학생도 있었다. 이를 악물고 참아내는 사람도 있었고, 제 아무리 큰 상처를 입었어도 다시 시위 현장에 나가려고 하는 이들도 있었다.

셀 수 없는 피와 눈물은 단 한번도, 단 한명도 포기를 외치지 않았다. 유난히 밤길에 구금된 친구들이 많았다. 혹시라도 내가 잡히게 된다면, 우리 집으로 찾아가 아버지 어머니를 해코지하지는 않을까… 생각이 많아져 밤길을 숨어다녔다. 골목골목으로 다니는 동안, 낙엽 굴러가는 소리에도 화들짝 놀라 몸을 떨었다.

*

아버지는 빈 항아리를 떨어뜨리고는 거실에 엎어져서 코를 골았다. 엎어진 술병에서는 술이 흘렀다. 나는 이곳저곳 흐른 술을 몇 번이고 닦아봤지만, 냄새는 그대로였다. 보이지 않는다고 사라진 게 아니었다. 계속해서 웅크린 자세로 바닥을 닦았다. 뒤척이는 소리가 났다. 나는 화들짝 놀라 조심스럽게 뒤를 돌아봤다. 아버지는 뒤척이며 무어라 이야기했다. 어눌한 발음으로 누군가에게 잘못을 빌었다. 계속해서 한번만 봐달라고 했다. 어디가 아픈지 신음을 내며 멈추라고 애원했다. 그리고 더 이상 가진 것이 없으니 그만 빼앗아 가라고 했다. 꿈속에서의 아버지는 참 약해보였다. 아버지는 나와 참 닮아있었다.

얇게 흐르던 침묵을 깬 것은 어머니의 말 한마디였다.

"힘들제?"

아버지가 힘껏 잡아 손자국대로 피멍이 든 팔목과 바닥에 쓸려 껍질이 얇게 까진 팔과 다리, 붉게 부어오른 오른뺨이 더 욱신거렸다. 내 몸에 붉어진 상처만 바라보던 어머니의 눈시울이 점점 붉어졌다. 어머니는 언제나 강인한 사람이었

다. 오늘따라 어머니의 눈은 하염없이 여렸다. 나는 고개를
푹 숙였다. 어지러웠고 동공이 마구 흔들리는 느낌이었다.
잘 버티고 있노라 생각했다. 이제는 강해졌노라 생각했다.

사실은 그렇지 못했다. 우리는 방안은 작은 호롱불에 의
지하고 있었다. 불빛은 우리의 호흡에 맞추어 흔들렸다. 지
금 어머니와 나는, 방안의 저 작은 촛불처럼 흔들렸다. 아
주 작고 미세한 움직임에도 나는 이리저리 요동치고 있었
다. 어쩌면 버티고 싶었고, 강하고 싶었던 걸지도 모른다.
마냥 어린아이이고 싶지 않았기에, 어머니에게 당당한 딸,
자랑스러운 딸이 되고 싶었기에 울지 않겠다고 다짐했다.
그러나 두 눈에서는 10년이 넘는 시간동안 참아온 서러움
이 터지고 말았다. 아버지 깰세라 숨죽여 울었다.

어머니는 자신보다 몸집이 더 큰 나를 품어 안았다. 한
손은 들썩이는 등을 다독이고 있었고, 다른 한 손은 머리를
감싸 안았다. 그렇게 나는 어머니의 품에 안겨 눈물과 콧
물이 범벅이 되었을 만큼 울음을 멈추지 못했다. 어머니는
그런 나를 멍이 들어 파랗게 물든 손으로 쓰다듬으셨다.

"니가 저 바깥에 혼자 서 있는 나무같이 보여도 곧 봄이
오고 여름이 온다는 사실을 의심하지 말아라. 가지를 뻗고
잎사귀를 피우는 것처럼, 차근차근 한 개씩 지금처럼만 해
라. 지금껏 잘해왔잖네."

어머니는 내가 하는 모든 일을 알고 계셨다. 신간회에서 우리 학생비밀결사로 조사단을 파견한 사실, 소녀회 친구들이 몇 명은 잡혀간 사실, 몇 명은 퇴학당했다는 사실, 그 모든 것을 어머니는 알고 계셨다. 그리고 광주에서 시작되어 호남지방, 그리고 서울을 거쳐 전국적으로 퍼진 학생항일운동을 주도한 게 나라는 사실 또한 마찬가지로.

정신없이 흔들리던 촛불은 어느덧 꼿꼿한 제 모습을 찾았다. 한참을 쏟아내리던 눈물이 그치고 방안에는 정적이 흘렀다. 그간 서로에게 전하지 못한 진심이 닿았다는 사실과 서로에게 확인할 수 있었던 마음을 되새겼다. 어머니는 아무런 말없이 조용히 나의 손을 잡았다. 아주 조용히 마당으로 나왔다. 밤공기는 시원했다. 구름에 가려진 달은 모습을 드러냈고, 평소보다 더 밝게 밤하늘을 비추었다.

캄캄한 밤하늘에 달빛이 구름에 가려 유독 어두운 밤일지라도 묵묵히 언제나 그자리에서 빛을 내어준 달과 어머니는 참 닮아있었다. 달빛에 어린 어머니의 모습은 참 아름다웠다. 희미한듯 선명한 달빛은 어머니와 나의 눈을 반짝였다. 어쩌면 달빛이 비춰준 건 우리가 포기하지 않은 이 시대일지도 모른다는 생각을 했다.

어머니와 나는 서로의 시린 손을 맞잡았고 우리는 서로의 온기를 통해 위로를 받았다.

잃어버린 것은

박주현

1.

이른 아침, 평소보다 조금 일찍 눈을 뜬 나는 먼저 잠자리에서 일어나 하영이와 남편의 아침을 준비했다. 닫혀 있는 커튼을 열자 오렌지색 빛이 들어오며 거실에 하나의 선을 그었다. 저 멀리서 새빨간 아침 태양이 산 너머로 고개를 내밀고 있었다. 기지개를 켜며 부엌으로 들어가 가스에 불을 올려 요리를 시작했다. 평소 아침을 늘 토스트나 시리얼 등으로 때우는 남편을 위해 오늘은 조금 신경을 쓰며 요리에 집중했다. 어느덧 식탁을 채운 형형색색의 음식들을 눈에 한 번 담은 뒤, 소파에 걸터앉아 창문 너머에서 떠오르고 있는 해를 바라보았다. 어느덧 시계는 7시를 향하고 있었다.

"여보, 일어나서 아침 먹어. 당신 오늘 9시까지 출근이잖아."

"빨리 일어났네. 오늘 무슨 일 있어?"

"아니, 아무 일도 없는데? 그냥 눈이 좀 일찍 떠진 것뿐이야."

"그런가? 잠 설친 건 아니지? 그런 거면 오늘 일 쉬는 게 좋을 것 같은데."

"그런 거 아니라니까. 먼저 먹고 있어. 하영이 깨워서 데리고 갈게."

남편을 깨운 뒤 나는 안방에서 나가 하영이가 자고 있는 방으로 향했다. 방에서 지난 생일 때 선물 받은 토끼 인형을 꼭 껴안은 채 곤히 자고 있는 하영이의 모습을 보자 자연스럽게 얼굴에 미소가 그려졌다. 분명 나를 닮았지만 눈만큼은 자기 아빠의 눈을 옮겨 담았다.

"하영아, 얼른 일어나서 학교가야지."

"엄마. 조금만 더 자면 안 돼?"

"지금 더 자면 학교에 지각할 텐데? 그럼 선생님한테 혼나지 않을까?"

"아, 맞다. 그렇네! 학교 지각하면 안 되는데."

"그럼 얼른 일어나서 밥 먹어. 밥 다 차려놨어."

"네."

대답한 후 침대에서 폴짝 내려가 졸린 눈을 비비며 거실로 향하는 저 아이의 모든 것이 사랑스러웠다. 헝클어진 침대와 말린 이불을 가지런히 정리한 후 거실로 발걸음을 옮겼다. 남편과 아이는 서로 이야기하며 차려 둔 밥을 먹고 있었다. 나도 자리에 앉아 수저를 들고 함께 아침 식사를 했다. 옆에서는 아직도 잠이 덜 깬 하영이가 고개를 떨구고 졸고 있었다.

"왜 이렇게 졸릴까, 우리 공주님?"

"모르겠어… 너무 졸려."

"그래도 학교는 가야지. 대신 학교 잘 갔다오면 엄마가 하영이가 좋아하는 거 사줄 수도 있는데?"

"어, 진짜? 진짜지? 엄마 최고!"

원하는 것 하나에 눈이 번쩍 떠졌는지 벌써 씻을 준비를 하는 하영이의 뒷모습을 보니 또 절로 웃음이 새어나왔다. 옆에서 준비를 하고 있는 남편이 나를 바라보더니 물었다.

"뭐가 그렇게 재밌어? 아침부터 재밌는 거라도 봤어?"

"아니, 하영이 너무 귀엽고 사랑스러워서. 저런 아이가 우리 딸이라는 게 너무 행복해서."

"당연하지. 당신 얼굴을 빼다 박았잖아. 가끔씩은 헷갈리기도 한다니까."

남편은 소리내서 웃어보였다.

"그래도 나는 하영이랑 눈 마주칠 때 마다 당신 눈 보는 것 같은데? 눈만큼은 정말 당신 눈이야."

"난 잘 모르겠던데. 주변 사람들도 그런 얘기 많이 하긴 하더라."

"그건 그냥 당신이 둔한거야. 아 참! 당신 오늘 조금 일찍 들어올 수 있어? 오랜만에 다 같이 외식한번 갈까 하는데. 할 이야기도 있고 해서."

"이야기? 무슨 이야기인데?"

"그걸 벌써 알려주면 외식하는 의미가 없지. 그래서 오늘 일찍 올 수 있어?"

"오늘? 잘 모르겠는데 최대한 되는 쪽으로 해볼게. 아마 될 것 같아."

"그래? 그럼 미리 하영이 학교에서 오는 대로 같이 준비 해놓고 있을게."

남편에게 종종 가던 레스토랑에서 만나자고 말한 뒤 나는 하영이에게도 외식일정을 알려주기 위해 하영이의 방으로 들어갔다. 하영이는 휴대폰을 보며 느릿느릿하게 준비하고 있는 중이었다.

"하영아 너 그러다 진짜 지각한다?"

"알았어. 이제 안 볼게."

하영이는 휴대폰 화면을 뒤집어 내려놓고는 가방을 챙겼다.

"그래, 학교 갔다 와서 해. 오늘 학교 끝나고 집을 바로 올래?"

"왜? 오늘 무슨 일 있어?"

"다 같이 외식한번 할까 해서. 할 얘기가 있기도 하고."

"정말? 그럼 학교 끝나고 바로 올게."

"그래, 그럼 이제 얼른 준비하고 나와."

하영이와 대화를 마치고 나와 잠시 기다리자 하영이와 남편이 각자 준비를 마치고 거실로 나왔다. 나는 둘을 신발장 앞까지 나가 배웅해 주었다.

"하영이 학교 잘 다녀와! 선생님 말씀 잘 듣고! 오는 길에는 차 조심해야해! 알지?"

"알았어요. 이젠 벌써 12살인데 그 정도는 혼자서도 잘 해요!"

하영이가 입이 튀어나온 채로 말했다.

"당신도 차 조심하고 회사에서 너무 무리하지 말고 늦지 않게 들어와. 특히 오늘은."

"일찍 올 테니까 걱정하지 마. 저녁에 외식하잖아. 그럼 가볼게. 하영아 가자!"

아이와 남편을 배웅해주고 나서 나도 다시 부엌으로 돌아왔다. 슬슬 준비해야 나도 유치원 출근 시간에 맞출 수 있을 것 같았다. 그릇들을 싱크대에 놓아두고 외출 준비를 시작했다.

씻기 위해 샤워실 안으로 들어갔다. 샤워실 안에는 아까 남편과 아이가 샤워했을 때의 온기가 남아있었다. 물을 틀자 따뜻한 물줄기가 샤워기에서 뿜어져 나왔다. 샤워기 옆에 놓여있는 거울이 달린 선반을 열었다. 붉은색 두 줄이 쳐져 있는 테스트기가 2개 놓여 있었다. 두 달 정도 전부터 월경을 하지 않았다는 사실에 혹시나 해서 테스트를 했었다. 나온 테스트기의 결과에 놀라 급하게 병원을 가 의사와 상담을 했다. 그때 의사는 임신 7주차라는 결과를 알려주었다. 지금도 의사와 상담했던 그리고 임신 7주차의 사실을 들었던 그 순간이 생생하다. 오늘 외식을 하며 남편에게는 둘째의 소식을, 그리고 하영이에게는 동생의 소식을 들려주고 싶었다. 따뜻한 물줄기와 함께 내 마음도 따뜻해지는 것 같은 느낌이 들었다.

2.

아빠와 헤어진 후 가방을 메고 내 반으로 갔다. 신발을 갈아 신고 계단을 올라 마침내 5학년 3반에 도착했다. 단짝 친구인 수진이와 친구들은 이미 반 안에 모여 이야기를 하고 있었다. 무슨 이야기인지 궁금해 얼른 가방을 책상에 올려둔 채 친구들이 모여있는 곳으로 뛰어가 보니, 그제서야 얘기하던 수진이가 하영이가 온 사실을 무리에서 나와 인사했다.

"어? 백하영 언제 왔어?"

"방금 왔어. 무슨 얘기 하고 있는 중이었어?"

"아, 별건 아니고 그냥 가족들 중에서 언니나 오빠나 동생들 얘기 하고 있었어. 나는 남동생 있고 민지는 오빠 있고 저기 있는 예빈이는 여동생 있거든. 하영이 너는 없어?"

"어? 난 혼자인데?"

"아, 그래? 그럼 학교 끝나면 계속 집에 혼자 있는 거야? 너무 심심하겠다."

"조금 심심하기는 한데 괜찮아."

사실은 심심하지만 괜찮다고 말해버렸다. 괜히 인정하면 더 부러워질 것 같았기 때문이다. 내 주변에는 동생이나 언니 또 오빠들이 있는 친구들이 많았다. 가끔씩 서로 싸우기도 했지만 다시 화해하고 같이 붙어다니는 모습이 부러워 보였다. 전에는 엄마 아빠에게 동생을 가지고 싶다고 떼를 써 보기도 했다. 엄마는 그런 건 마음대로 되는 게 아니라고 말했다.

점심시간이 되자 나는 평소처럼 수진이 그리고 친구들과 다시 모여 식당으로 향했다. 하지만 식당에 모여앉아 밥을 먹을 때도 친구들은 계속 아침에 했던 그 얘기만 했다. 오전 내내 나를 계속 힘들게 했던 형제 자매의 대한 그 생각들을 어렵게 떨쳐낸지 얼마 되지도 않았는데 또 생각이 나기 시작했다. 계속 생각을 하지 않으려 노력했지만 계속 생각이 나는 걸 어떻게 할 수 없었다. 하지만 부모님한테 말하기는 싫었다. 더 이상 앉아 있기가 싫어서 얼마 먹지도 않은 급식판을 든 채 먼저 가버렸다. 친구들이 무슨 일이냐고 물으면서 뒤따라왔지만 대충 답을 얼버무리고는 혼자 교실로 돌아와 책상에 엎드렸다. 수진이는 반까지 와서 괜찮냐고 물었다. 나는 머리가 아픈 거라며 거짓말 하고는 수진이를 돌려보냈다. 반에 혼자 엎드려 있으니 외롭고 자꾸 떠오르는 생각들 때문에 머리가 복잡했다.

'왜 나만 없는 거야. 왜 나만 없는 건데?'

엎드린 채 속으로 이 말을 생각하고 또 고민했다. 그렇게 나는 엎드린 채 그날의 점심시간을 허무하게 보냈다. 당연하게도 나머지 수업에 나는 전혀 집중하지 못했고 선생님께 걸려 지적을 받기도 했다. 그렇게 우울한 채로 그날의 학교 수업을 끝냈다.

학교를 나서 교문을 향해 걸어가는데 옆에서 수진이가 나를 불렀다.

"야! 백하영 괜찮아?"

"그냥 어지러워서 그래."

"너 아까도 그랬잖아. 어지러운 게 뭐가 그렇게 오래가. 아닌 거 같은데."

"맞다니까! 그냥 좀 어지러워서 그런 거야. 신경 안써도 돼.

"아니. 그래도."

무언가 말하려는 수진이의 말을 끊고 빠른 걸음으로 교문을 나섰다. 횡단보도를 건넌 후에 늘 보던 분식집과 편의점을 지나쳐 대로변으로 걸어 나왔다. 그리고 집을 향해 터덜터덜 걷기 시작했다.

3.

키보드와 복사기 소리가 사무실 안을 가득 채운다. 어려워져가는 회사의 분위기에 사무실 안 동료들의 표정은 침울하다. 옆자리 김대리는 어제 퇴근하지 못한 것 같다. 어제와 옷차림이 똑같다. 잠시 커피를 마시러 탕비실로 가니 부장이 통화를 하고 있었다. 침울한 사무실 분위기와는 다르게 밝은 목소리로 통화하는 모습을 보니 거래처 통화인 것 같다는 생각이 들었다. 깊은 한숨소리가 들려왔다. 전화를 끊은 부장은 핸드폰을 바라보며 인상을 쓰고 있다. 부장의 커피까지 미리 타 두었던 나는 커피를 건네며 물었다.

"저 방금 거래처 통화인 것 같던데. 잘 안 되셨나요?"

"요즘 경기가 많이 안 좋은 모양이야."

부장은 커피를 받아들고 탕비실을 나갔다. 요즘 회사 상황은 말이 아니었다. 지속되는 경제 불황에 건설기업들은 모두 비상이다. 그나마 성사되었던 몇 건의 중요한 거래마저 취소되었다. 나름 건설관련 부지에서의 입지가 있는 회사였기에 여태까지는 일거리는 늘 차고 넘쳤었다. 많은 회사들이 우리기업에 건설을 요구했고 그 만큼 회사는 굉장히 잘 돌아가는 편이었다. 그렇지만 경제 불황이 시작되면서부터 계획에 조금씩 차질이 생기기 시작했다. 일정이 취소되는 일이 잦았고, 일거리를 찾으러 다니는 수고가 배로 들었다. 회사의 상황은 점점 기울어지고 있었다.

자연스럽게 야근은 늘어났고 회사를 떠나는 사람도 생기게 되었다. 아내에게 구구절절 말하지는 않았지만 늦어지는 귀가와 반복되는 야근에 아내도 회사에 무슨 일이 있구나 싶어 했다. 그런 고민들을 하고 있는 사이에 어느새 시간은 한 시를 넘어가고 있었다. 나는 회사 건물을 나와 옆 카페로 향했다. 더 이상 이런 분위기 속에 있고 싶지는 않았기 때문이다. 주문한 커피를 마시며 나는 아내가 저녁에 들려줄 이야기를 상상했다.

한 시가 다 되었고 카페를 나왔다. 간단하게 무엇이라도 먹고 갈까 했지만 무언가 먹은 상태로 또 다시 사무실의 그 분위기 속으로 들어갈 것을 생각하니 벌써부터 속이 뒤집히는 것 같았다. 그렇게 다시 사무실 안으로 들어가던 나는 1층 라운지 홀에 쌓여있는 종이박스와 마주쳤다. 안 좋은 예감이 든 나는 서둘러 사무실로 향했다. 하필 좋지 않은 예감만 이리도 적중하는 이유는 무엇인지, 사무실의 상황은 내가 생각한 것 보다 더 안 좋았다. 우리부서에서 몇 명이 정리해고를 당하는 모양이었다. 이미 책상 몇 개는 깨끗이 비워져있었다.

한쪽에는 부장이 작년부터 일했던 계약직 직원의 어깨를 감싸고 무언가 이야기를 나누고 있었다. 재계약에 실패한 모양이었다. 애써 밝은 표정으로 여태까지 감사했다는 말을 하지만 그의 표정은 이미 죽을상이었다.

내 자리로 가보니 다행히 내 자리는 멀쩡했다. 순간, 나는 정리해고를 당해 짐정리를 하는 상상을 했다. 나는 이미 맡아 하고 있는 몇 개의 프로젝트 덕분에 정리해고에는 휘말리지는 않을 것이었다. 한편으로는 감사했다. 그렇지만 이내 그룹웨어에서 메일을 확인하자마자, 해고당하지 않았다고 안심한 스스로에게 회의감을 느꼈다. 인사팀이 보낸 메일이었다. 당장 서울에서 지방으로 파견을 가야 한다는, 일종의 통보였다. 지방 건설 현장에 짧은 기간 파견을 간 적은 있었다. 그러나 이렇게 내 자리, 집, 터전을 옮기는 경우는 처음이었다. 그러나 이런 상황 속에서 불평은 사치스러웠다.

연차를 내고 회사를 나와 차를 타고 가면서, 어떻게 이 사실을 잘 말해줄 수 있을지 고민했다. 아내가 할 말이 있다고 해서 하게 된 외식인데 나 또한 중요한 할 말을 전하게 되었다. 표정이 안 좋아 보일까, 혹시라도 근심이 있는 것이 티가 날까 걱정이 되었다. 백미러로 웃는 표정을 지어보았다.

그렇게 나는 고민거리를 한가득 안은 채, 차를 주차했다.

4.

유치원에서의 일을 조금 일찍 마무리하고 온 나는 집으로 향했다. 집에서 얼마 걸리지 않는 거리에 위치한 유치원에서 근무하는 나는 나름의 만족감을 가지고 일을 하고 있다. 그래봐야 취미로 일하는 게 더 가깝지만. 둘째가 태어난다면 더 이상 유치원에 나가지 못할 수도 있다. 그런 생각으로 머리를 채우며 걸으니 어느새 아파트 건물 앞에 도착해 있었다. 엘리베이터를 타고 집으로 올라가니 하영이는 거실에 앉아 TV를 보고 있었다. 항상 재밌게 보는 채널이 방영되고 있었지만 하영이는 조금도 웃고 있지 않았다. 조심스럽게 다가가 기분을 물었다.

"우리 딸, 학교에서 무슨 일 있었어? 왜 이렇게 기분이 안 좋아 보여?"

"아무것도 아니야. 그냥 다른 생각하고 있었어."

"무슨 일 있는 거면 엄마가 도와줄게 솔직하게 말해도 괜찮아."

"아니야, 정말 아무 일도 없어. 정말 괜찮아."

무슨 일이 있냐는 질문에 아무 일도 없다며 둘러대는 아이의 모습을 보고는 무슨 일이 있다는 것을 확신했다. 그러나 벌써 하영이도 초등학교 5학년이다. 엄마 아빠에게는 말할 수 없는 비밀이 생길 나이라 생각하며 모르는 척 해주기로 했다.

아이와 나는 각자 외출 준비를 끝마치고 손을 잡고 아파트를 나왔다. 그리고 택시를 잡아 타고 식사 장소로 향했다. 택시를 타고 가면서 남편에게 문자로 레스토랑의 주소를 알려주었다. 조금 뒤 남편에게서 그 곳으로 가겠다는 답장이 왔다. 약속대로 정말 일찍 회사에서 퇴근한 남편에게 고마운 마음이 들었다. 휴대폰을 덮고 옆을 보자 하영이는 내 어깨에 기댄 채 졸고 있었다. 자는 하영이의 모습을 바라보며 배에 손을 올렸다. 어느덧 하늘에서는 해가 모습을 감추고 있었다.

식당에 도착했고, 하영이는 졸음을 깨고 테이블에 앉았다. 평일 저녁에 외부에서 보는 남편의 모습은 매우 지쳐 보였다. 평소에 힘든 내색을 하지 않는 사람인데 오늘은 무언가 안 좋은 일이 있는지 얼굴이 어둡고 침울해보였다. 남편은 내 옆자리에 앉더니 이내 빙긋하고 미소를 지여보였다. 남편이 자주 짓는 억지웃음이었다. 메뉴판을 펼쳐 하영이와 남편에게 보여주며 함께 메뉴를 고르고서는 종업원을 불러 음식을 주문했다. 나는 오리엔탈 샐러드와 리조또 하영이는 늘 먹던 까르보나라 그리고 남편은 비프 스테이크를 시켰다. 종업원이 서빙해 준 식전빵을 먹으며 대화를 시작했다. 우리는 별 것 아닌 이야기로 대화를 시작했고, 집에서부터 우울해보였던 하영이도, 침울했던 남편도 나름 유쾌하게 이야기를 나누었다.

그리고 마침내 남편이 나에게 물었다.

"그래서 해줄 얘기라는 게 뭐야? 외식하면서 들려줄 얘기면 좋은 소식인 것 같던데?"

"맞아 좋은 소식이야. 그것도 우리 가족한테 있어서는 아주 좋은 소식이지."

"엄마 뭔데? 무슨 소식인데?"

"무슨 소식이냐면 우리 공주님한테 동생이 생긴다는 소식이지!"

"잠깐 뭐라고? 당신 뭐라 그랬어?"

내가 한 말을 제대로 듣지 못했는지 다시 묻는 그에게 다시 답해주려 고개를 돌렸을 때, 나는 순간 놀랐다. 그의 표정은 아까전보다 굉장히 어둡고 심각해 보였다.

"뭐라 그랬냐니까? 다시 말해봐."

"그러니까 둘째가 생겼다는 소리야. 그래서 하영이한테 동생이 생긴다고 말한 거고."

"둘째? 당신 임신했어? 언제? 얼마나 됐는데?"

"며칠 전에 병원에서 테스트 해봤는데 의사가 7주차래. 근데 당신 표정이 왜 이렇게 심각해?"

"왜 그걸 지금 말해? 조금 더 일찍 말할 수 있었잖아?"

무언가 말해보려 했지만 입이 떨어지지 않았다. 남편의 회사에 문제가 생겼다는 것쯤은 진작에 눈치채고 있었지만, 그래도 아이가 생겼다는 사실에 이렇게 흥분하는 남편의 모습은 조금 놀라웠다. 남편은 결혼 전부터 자주 아이 계획에 대해 이야기할 정도로 아이를 원했다. 종종 내가 일하는 유치원에 놀러올 정도로 아이들을 좋아하기도 했다. 하영이를 낳은 뒤에도 바쁜 회사 일정을 소화하면서 육아에 힘썼다. 누구보다 둘째의 탄생 소식을 기뻐해줄 거라 생각했다. 하지만 지금 내 앞에서 흥분한 채 화를 내고 있는 남편은, 하영이를 위해 늘 노력했던 남편이 아닌 마치

다른 사람 같았다.

5.

진정되지 않는 마음을 가라앉히려 애쓰며 나는 오늘 회사에서 있었던 일을 털어놓았다. 아내는 금세 어두워졌다. 옆에 앉아 있던 하영이는 심각한 분위기 속에서 아무 말도 않은 채 가만히 고개를 숙이고 있었다.

"어떻게 해? 우리 이사 가?"

"어떻게 하긴. 이사 가서 다같이 살던 대로 살아야지."

"그렇지, 그렇기는 한데… 그럼 하영이는? 하영이 중학교는? 내년이면 벌써 6학년인데."

"지금 내가 버는 걸로는 가족 4명이서 먹고 사는 건, 좀 무리일 것 같은데."

내가 한 말을 들은 아내는 잠시 동안 입을 다물고 고개를 떨구더니 이내 말을 이었다.

"정말 이것밖에는 방법이 없는 거야?"

"다른 방법이 있었으면 진작 그렇게 했겠지."

우리 가족은 말없이 식사를 했다. 밖은 어느새 해가 지고 달이 떠 있었다.

6.

지금 이곳은 어둡고 춥고 공허하다. 천장에 달린 에어컨에서 나오는 차가운 바람 소리와 무언가를 증오하며 이를 가는 듯한 쇳소리, 그리고 알아듣기엔 조금 작은 의사들의 대화 소리가 이 공간을 가득 메운다. 희미해져 가는 정신을 부여잡으려 애써도 눈꺼풀은 점점 무거워진다. 이내 몸에서 힘이 빠져나가는 것이 느껴진다. 앞이 흐릿해지면서 아무것도 보이지 않는다. 이미 충분히 어두웠지만 한층 더 어두워진 것만 같은 기분이 들었다. 하지만 후회하기엔 이미 너무 늦어버린 것 같다.

오늘 난 되돌릴 수 없는 선택을 해버린 것일지도 모른다.

정신을 차리고 주변을 둘러보니 잠들었던 곳이 아닌 작은 병실이었다. 눈에 들어오는 것은 하얀색 천장과 창문으로 들어오는 따뜻한 햇살이었다. 마취가 아직까지 덜 풀렸는지 약간 어지러운 감이 있어 조금 더 누워있고 싶었다. 그러나 이 장소에 더 이상 머무르고 싶은 기분이 아니었기에 침대에서 몸을 일으켰다. 옷을 갈아입고 들어두었던 적금을 깨 수술비와 병원비를 결제한 뒤에 병원을 나왔다. 집에 돌아가던 중 옆에 있는 놀이터에서 뛰어노는 어린이들이 눈에 들어왔다. 자주 지나가는 길에 있는 놀이터라 평소에도 이 광경을 많이 봤지만 오늘은 뭔가 다른 느낌이 들었다.

7.

아내와 딸의 얼굴을 제대로 보지 않은 지 벌써 한 달이 넘어가고 있었다. 하영이의 초등학교는 서울에서 마무리하기로 결정을 내린 후 나만 먼저 지방으로 간단하게 이사했다. 시간이 될 때는 서울에 올라가 가족의 얼굴을 보기로 했다. 그러나 시간은 전혀 생기지 않았다. 아침 일찍 집을 나와 자정이 넘어서야 집에 들어가는 경우도 있었고, 종종 호텔 같은 곳에서 외박을 해야 하는 경우도 생겼다. 오늘도 하루종일 업무를 위해 이곳저곳을 돌아다닌 뒤 자정이 넘어서야 집에 도착했다. 피곤에 찌든 몸을 이끌고 소파에 누워 잠을 청했다. 도통 잠이 오지 않았다.

눈을 감으면 지난날들이 생생하게 그려진다. 만약 내가 그 선택을 강요하지 않았더라면 이렇게까지 되지는 않았을까, 라는 의문이 들기도 한다. 그러나 이미 선택한 길을 되돌릴 수는 없다. 계속 이렇게 스스로를 달랬지만 변한 건 없다. 내가 맞았던 걸까, 아니었던 거라면 어떻게 되돌릴 수 있을까, 라고 고민하며 시간을 허비했다.

잠깐 잠들었던 모양이다. 어느덧 새벽 4시가 지나가고 있다. 피곤하고 몸은 무거웠지만 샤워실로 향했다. 시간이 빠르게 지나가길 기도했다. 거울에 비친 내 모습은 상상 그 이상으로 어둡고 초췌했다. 세차게 나오는 물줄기의 소리가 샤워실을 가득 채웠다. 뜨거운 물 때문에 거울에 김이 서렸다. 그렇게 점점 흐릿해져가는 거울 속 내 얼굴을 보며 생각했다.

아내의 머릿속의 아이도, 그리고 내가 선택을 강요했던 순간도, 서서히 사라지고 잊혀졌으면 좋겠다고.

8.

레스토랑에 다녀온 이후로 벌써 두 달하고도 닷새가 지났다. 우리 가족은 뭔가 바뀌었다. 그것도 아주 많이 바뀌었다. 아침에 깨워주는 엄마의 얼굴에는 기운이 없어 보였고 일어나 밖으로 나왔을 때 아빠는 늘 없었다. 늘 셋이서 함께했던 아침식사가 그리웠지만 엄마에게 투정부리기엔 엄마가 더 힘들어 보여서 아무 말도 할 수가 없었다. 한번은 엄마와 아빠에게 동생에 대해 물어본 적이 있다. 아빠는 동생이 엄마의 뱃속에 있다가 태어나기 전에 죽었다고 말해주었다. 엄마에게 물어봤을 때 엄마는 대답을 얼버무렸다.

오늘은 학교에서 종업식과 행사가 있는 날이었다. 강당에 모여 6학년 때 쓸 새 교과서들을 받았다. 물론 이런 행사가 재밌다고 느껴지지는 않았지만, 적어도 달라진 집보다는 친구들이 있는 학교가 더 좋았다. 교장선생님의 훈화말씀을 마지막으로 종업식이 끝나고 교실로 돌아가려고 했을 때 뒤에서 수진이가 나를 부르며 달려왔다.

"야! 백하영 혼자 먼저 가는 게 어딨어? 나도 같이 가!"

"알았어. 근데 지금까지 어디 있었어? 아까부터 못 봤는데."

"아, 아까 남동생이 강당으로 올라와서 돌려보내느라 잠깐 나가있었어."

"남동생이면 올해 3학년 되는 수호 말하는 거지?"

"맞아! 이름 기억하고 있었네?"

수호는 수진이의 하나뿐인 동생이다. 작고 귀엽게 생긴데다가 수진이를 잘 따라서 수진이가 되게 아꼈다.

"하영아! 야, 백하영!"

"어, 어? 왜 불러?"

"무슨 생각을 그렇게 하길래 다섯 번을 불렀는데도 대답을 안 해. 무슨 일 있어?"

"그래? 아무 일도 없는데? 요즘 좀 피곤해서 표정이 어두웠나봐. 나 잘 지내고 있으니까 걱정 안 해줘도 돼."

"정말? 아무 일도 없는 거 맞지? 그래도 무슨 일 있으면 나한테 알려줘야 해. 알았지?"

"알았다니까."

대충 둘러대며 계단을 내려가고 있을 때 아래층에서 누군가 계단 위를 향해 뛰어올라왔다. 수호였다.

"누나! 누나!"

"어? 수호야 왜 올라왔어? 먼저 집에 가 있으라고 했잖아."

"이거 주려고 기다렸어."

수호에 손에 쥐어져 있는 것은 파란색 편지지에 적힌 편지와 막대사탕 2개였다.

"누나 6학년 된 선물로 주는 거야. 이제 우리학교에서는 누나가 제일 어른이네!"

"그러게 이제 누나가 제일 어른이네. 편지랑 사탕 너무 고마워!"

사탕을 둘이서 나눠 먹는 수호와 수진이의 모습을 계속 바라보자, 수진이의 모습에 내 얼굴이 겹쳐보였다. 갑자기 나도 모르게 눈물이 흘렀다. 한방울씩 볼을 타고 흘러 떨어지는 눈물이 계단 위에 떨어졌다.

"어? 하영아, 왜 그래? 왜 울어?"

"아니야 정말 아무것도 아니야. 그냥 정말 보고 싶은 사람이 생각나서 그랬어."

"보고 싶은 사람? 그게 누군데? 보고 싶으면 가서 만나면 되잖아."

"아니, 역시 아무것도 아니야. 잠깐 다른 생각하고 있었던 것 같아."

"뭐야 그게. 하여튼 이상한 애라니까."

수진이와 함께 학교 밖으로 나와 집을 향해 걸어갔다. 하늘에서는 하얀 눈이 내리고 있었다. 하지만 춥지는 않았다. 몇 주 전에 눈을 봤을 때는 춥고 외로웠었지만 지금은 아니었다. 삼거리에서 수진이와 헤어지고 혼자 골목길을 지나 집으로 향했다. 하늘에서 내리는 눈은 차갑고도 따뜻했다. 등을 돌려 내가 지나온 길을 돌아보았지만 내 발자국은 남아있지 않았다.

9.

울려대는 알람을 끄면서 오늘 나의 하루는 또 시작되었다. 아무도 없는 옆자리가 왠지 더 텅 빈 것 같이 느껴졌다. 거실로 나와 하영이를 깨우기 위해 방으로 들어갔지만 이미 하영이는 일어나 침대를 정리하고 있었다. 요새 하영이가 나보다 먼저 일어나는 일이 많았다. 아침식사로는 요즘 계속 시리얼을 먹고 있다. 하영이가 먼저 씻기 위해 샤워실로 들어갔고 나는 그릇을 싱크대에 둔 뒤에 휴대전화를 들여다보았다. 남편으로부터 문자 한 통이 와 있었다.

어느덧 남편을 보지 못한 지 두 달이 넘었다. 오늘 오후에 만나자는 내용이었다. 남편이 지방으로 이사를 한 뒤에 처음 만나는 것이었다. 샤워실에서 막 나온 하영이에게도 소식을 말해줬다. 하영이는 학교가 끝나면 곧바로 집으로 오겠다고 말했다. 나는 그러는 게 좋겠다고 대답했다.

나도 씻기 위해 샤워실로 들어갔다. 새 수건을 꺼내기 위해 샤워실 선반을 열었지만 하필 수건이 없어 나는 어쩔 수 없이 선반에 있는 상자를 열어 스포츠용 타올을 꺼냈다. 상자 안에서 몇 달 전에 썼던 테스트기를 발견했다. 치운다고 하다가 상자에 넣어뒀었다. 나는 상자를 선반에 넣어버린 후 이내 샤워를 하기 시작했다.

남편이 지방으로 내려간 뒤부터, 수학학원의 보조강사로 일을 시작했다. 유일하게 잘했던 과목이 수학이었는데 그걸로 아이들을 가르칠 정도는 할 수 있는 것이 참 다행이었다. 그런 생각을 하던 중 현관문이 열리는 소리가 들렸다. 하영이가 학교에 가는 모양이었다. 내가 현관 쪽으로 갔을 때는 이미 현관문은 닫혀있었다. 나는 잠시 동안 닫혀있는 현관문을 멍하니 쳐다보았다.

오후에 남편을 만나기로 했기에 급하게 이사하느라 집에 두고 간 남편의 생필품들을 대충 쇼핑백에 넣었다. 눈에 보이는 것 몇 가지를 다 집어넣자 문득 출근하기 전까지 학원수업을 위해 필요한 수학참고서들을 사야 한다는 것이 생각났다. 손에 들고 있던 쇼핑백을 내려놓고 식탁에 있던 메모지에 사야하는 참고서들과 교과서들을 빠르게 적어내려 갔다. 다 적은 뒤에 하던 준비를 마저 하고 가방을 챙겨 밖으로 나왔다. 아직 나가기는 이른 시간이었지만 집에 혼 자 있기는 싫었다. 참고서들을 산 뒤에 카페라도 가 시간 을 때울 생각이었다.

현관을 열고 나오자 아직 겨울이 끝나지 않았는지 차가운 바람이 몸을 스치고 갔다. 스쳐 지나간 바람처럼 기분도 조금 차가운 것 같다고 생각하며 나는 서점으로 향했다. 걸어가는 길에 있는 가로수들에 둘러져있는 볏짚들이 눈에 들어왔다. 각기 다른 색으로 이루어진 볏짚들이 나무를 둘 러주고 있었다. 나도 입고 있던 코트를 여미며 나무들을 지나쳤다. 귓가를 스치는 바람소리와 앞 큰길에서 들려오는 차 소리를 들으며 나는 서점을 향해 걸어갔다.

각자의 서울

유진

  한 보따리였다. 현관 앞 빳빳한 쇼핑백에는 3단의 음식이 준비되어 있었다. 1층은 속이 단단한 만두, 그 위에는 아직도 뜨끈한 배추전, 마지막 층에는 잡채가 자리 잡았다. 나는 아무렇지도 않게 쇼핑백을 들고 '다녀오겠습니다아' 크게 외쳤다.

  할머니는 중문까지 따라 나와 나를 배웅했다. 현관문을 닫으며 거울에 반사되어 보이는 할머니의 얼굴을 마지막으로 확인했다. 일종의 습관이었다.

  아침 공기가 부쩍 차가워졌다. 드디어 가을이 왔다. 택시를 잡아타고 고속터미널로 가는 길에는 심장이 마구 뛰었다. 서울을 왔다 갔다 한지 벌써 8개월이 넘어가는데도 이렇게 긴장을 하다니. 나도 참 나다웠다. 버스가 출발하기 전까지 이십분이 남아있었다. 화장실도 다녀왔고 차표도 교환했다. 그래도 가방을 열어 필통, 지갑, 휴대폰, 책을 다시 확인했다. 모든 것이 있었지만, 아무것도 가지지 못한 사람처럼 불안했다.

할머니가 싸준 쇼핑백을 배 가까이에 가져다 안았다. 따뜻함이 전해지는 것 같았다. 그녀는 내가 서울로 가기 전날은 하루 종일 음식을 만들었다. 외삼촌이 좋아하는 만두를 비롯해서 부침개며 잡채, 불고기, 고사리볶음 등등을 뚝딱 뚝딱 준비했다. 그럼 난 그 음식들을 외삼촌에게 전달해주면 되었다. 물론 열아홉 살이었던 내가 그녀의 아들 사랑을 이해해서 그런 건 아니다. 그저 그녀가 얼핏 들려준 이야기가 마음에 걸렸을 뿐이었다.

외삼촌은 우리 집안에서 유일한 서울 사람이었다. 동네에서도 최초로 서울로 대학을 간 사나이였다. 그래서 할머니는 그것이 자랑스러웠지만, 쓸쓸했다. 아주 오래 전, 버스 안에서 손을 흔들던 그의 모습이 다시는 그가 이곳으로 돌아오지 않을 것을, 영원히 그녀의 품을 떠날 것임을 말해주고 있었다고 했다. 그래서 난 음식 배달을 자처했다. 이 쇼핑백에는 그런 어찌할 수 없는 것들이 있었다.

청주에서 서울로 가는 버스는 딱 한 시간 반이 걸렸다. 아홉시 반. 휴대폰 시계를 확인하고 재빨리 고속터미널을 나간다. 편의점 앞 비둘기들을 지나쳐 철근으로 둘러싸여

있는 장막으로 들어간다. 더운 바람이 훅 불어온다. 지하상
가의 공사는 막바지에 이른 것 같았다. 밝은 조명과 깨끗
한 타일들이었다. 나는 새하얀 눈 위를 최초로 밟는 사람
처럼 조심스럽게 그러나 재빨리 걸어 지나쳤다.

지하상가를 계속 직진해서 출구로 나오면 잠원동이 나왔
다. 고속터미널에서 잠원역까지는 한 정거장 차이였는데,
나는 지하철을 타지 않았다. 그때의 나는 역 이름을 확인
하고 주위를 둘러보는 일이 내가 이방인이라는 것을 티내
는 것 같았다. 서울에 올라온 지방 사람을 보여주는 일은
꽤 자존심이 상하는 일이었다.

반 친구들은 일요일 자습을 빼고 서울로 논술을 배우러
가는 나를 부러워했다. 사실은 자습을 빼는 것이 가장 부
러웠겠지만, 가끔 그 서울이라는 것에 대해서 매우 끈질기
게 물어보는 친구들도 있었다. 그럼 너는 대치동으로 다니
는거야? 지하철 혼자 타고 다녀? 잘 타? 그러다가 이따금
서울의 입시학원에 다닌다는 다른 반 아이를 데리고 와서
서울의 모습은 어떤지, 서울 애들은 어떤지 번갈아가며 물
어봤다. 다른 반 친구는 질문들에 척척 대답해주었다. 반
면, 나는 아무 말 없이 듣고만 있었다. 왜냐면, 나에게도
그런 서울은 처음이었으니까.

논술학원은 대치동이 아니라 잠원동에 있었고, 지하철은

타지 않았으며, 강남의 빌딩 속에 위치한 학원이나 회사 건물을 보는 대신 아파트촌을 보는 게 전부였다. 일주일에 한 번 가는 서울은 내가 사는 동네와 별반 다를 게 없었다. 누군가는 아침 산책을 했고 묵혀두었던 분리수거를 하거나 가게 문을 열고 있는 일상적 동네였고, 외삼촌은 그 일상의 아파트 중 하나에서 '현 논술학원'을 운영하는 선생님이었다.

정확하게 20분을 걸으면 아파트에 도착했다. 5층도 아니고 6층도 아닌 5.5층에서 엘리베이터가 멈추면 약간의 계단과 복도를 지나 맨 끝, 외삼촌의 공부방이 있었다. 초인종을 누르면 얼마 전에 깬 듯, 외삼촌이 그 특유의 웃음과 머리 위로 손을 흔드는 제스쳐로 반겨주었다.

"하이, 자네 왔는가. 뭘 또 이리 가져오셨나. 하이고, 내가 좋아하는 만두네!"

삼촌이 덩실덩실하며 부엌으로 들어간다. 그는 늘 웃는 얼굴이라 '사람 좋아 보인다'는 말을 많이 들었다. 나는 그런 삼촌이 가끔 바보같다고 생각했다. 고향에 있는 가족과 친구는 서울에 있는 대학교에서 국문학이나 전공했다는 놈이 학교 선생도 아니고 학원 선생이나 하고 있다고 평가했고, 서울에서는 IMF의 직격탄으로 글은커녕 이 곳 저 곳을 전전하는 지방 사람으로 쳐다보았다.

그런 삼촌의 수업에는 세 명의 서울 사람이 있었다. 특별할 것 없이 모두 친절했다. 아니, 마음이 참 잘 맞았다고 할 수 있었다. 물론 조금의 다른 점은 있었다. 그들은 나보다 역사의 현장에 조금 더 밀접했고, 유명 화가의 전시든가 특정 가수의 공연을 자연스럽게 보며 성장했다. 그렇다고 보들레르의 시와 모네의 시대를 모른다고 해서 친구가 될 수 없었던 건 아니었다.

　하지만 그 아이들의 세계에서는 나름의 규칙이 있었던 것 같다. 서울 사람이라고 다 같지는 않다는 규칙. 그건 어떤 날 유경과의 대화를 통해서 알게 되었는데, 유경은 삼촌이 잠원동에 정착하기 전부터 논술을 배우고 있던 아주 오래된 학생이었다. 그래서 그의 많은 제자들을 알았고 그들의 떠남을 보아왔다. 그 아이들 중 정민이라는 아이와 유독 사이가 각별했던 유경은 자주 학원에 빠지기 시작하는 그를 보며 서운해했다. 결국 정민은 유경의 예상대로 '다른 학원과 스케줄이 겹쳐서'라는 이유로 그만두었다. 난 유경에게 천진하게 말했다. 같은 서울이니까 따로 연락해서 만나면 되잖아. 나는 용산 사람이잖아. 유경은 그렇게 말하며 눈썹을 살짝 올렸다 내렸다. 서로 생긴 모습은 달라도 우리는 모두 친구. 그런 건, 마치 없었던 노래가사 같았다.

겨울이 왔다. 그건 열아홉 살에게 무언가를 결정하거나 도망치거나 또는 아무것도 할 수 없게 만드는 계절이었다. 가을과 겨울 사이, 서울의 이 학교, 저 학교를 다니며 논술 시험을 봤다. 내 옆의 학생과 그 앞의 학생들이 빽빽하게 원고지를 채워나가던 시간이었다. 시험을 끝마치고 나올 때마다 어떤 단단한 방어막에서 튕겨져 나왔다. 팅- 불합격입니다. 서울의 다섯 곳의 학교에서 모두 불합격했다. 머리는 하늘을 향하게 하되, 다리는 땅에 붙이고 있으라던 담임 선생님은 처음부터 현실성 있게 넣지 그랬냐고 했다. 그래서 마지막 한 곳은 내가 태어나고 자란 이 지역, 어렸을 때는 놀이터였고 사춘기 시절에는 소풍을 다니곤 했던 그 학교를 선택했다.

교실에서도 누가 인서울을 했고, 누가 어떤 학교에 붙었는지에 관한 이야기가 오갔다. 축하인사를 건네다가도 나의 눈치를 살피며 다른 이야기로 돌리는 아이들도 있었고, 또 때때로는 '너도 서울 가고 싶어했는데, 아쉽다'라며 직접적으로 말하는 친구들도 있었다. 그럼 난 또 다른 아이들의 눈치를 살폈다. 괜찮아, 라고 말하기에는 진심으로 보이지 않을 것이 뻔했고, 그러게 말이야, 라고 말하면 나의 자존심은 물론 이곳을 선택한 아이들을 패배자로 몰아넣는 듯한 느낌을 줄 수 있었다.

하지만 무엇보다 나의 서울행 실패를 가장 안타까워한 건 할머니였다. 그녀의 삶에서 서울이란 함부로 올라갈 수 없는 아주 먼 곳이었으니까. 그래서 난 그녀에게 내가 보았고, 만났던 그 작은 서울에 대해서 이야기해주었다. 노란 장미의 향기로 가득 찬 지하상가와 사시사철 고목의 곁을 나뒹구는 낙엽 그리고 고요한 테니스 코트가 자리한 오전 열 시의 나의 서울에 대해서.

시선

금예은

굳이 생각하고 고민해보지 않아도 나는 도시보다 산과 들을 좋아한다고, 그곳은 나의 일부라고 분명하게 말할 수 있다. 아마도 내가 그 시선 속에서 자랐기 때문이겠지. 한 때는 이렇게 분명한 나의 대답이 무색해지게 그곳을 지루해 하던 때가 있었다. 태어나서부터 고등학교를 졸업할 때까지 지낸 그곳은 익숙하고 편안한 모든 것들이 그렇듯 평범해지고는 했다. 대학원서를 쓸 무렵의 나는 지루한 그곳을 떠나 도시로, 멀리 떠나고 싶었다. 가깝지만 먼 이곳으로 오는 것이 결정되었을 때는 새로운 곳으로 간다는 사실은 나를 종종 잠 못들고 새벽을 보내게 하고는 했다. 이 낯선 타지에서 몇 해를 보내고 적응을 해도 밤이 되면 잠에 들고, 아침이 되면 눈을 뜨는 것처럼 자연스럽게 나의 그곳이 그리워졌다. 지루하고 평범하다고 느끼긴 해도, 나의 일부이기 때문에 그곳이 그리워서 잠 못 이루는 새벽을 보내는 일은 몇 번을 반복해도 적응할 수 없었다. 내가 사랑하는 것이 모두 거기 있으니 말이다.

그렇게 그리움이 몰려올 때마다 나는 무작정 나와 이곳저곳을 걸어다니며 그곳과 비슷한 냄새를 찾아 나섰다. 그러던 중 낯선 타지에서 그 모든 것을 느낄 수 있는 무심천을 발견했다. 그곳은 바람과, 풀잎의 냄새와 그리움을 마음껏 맡을 수 있었다. 때는 늦은 봄이었다. 짧은 봄을 바라보며 여느 때와 다를 것 없이 무심천을 아주 천천히 거닐고 있었다. 사진을 찍고, 음악을 들었다. 무심천에는 여러 개의 좁은 다리가 있는데 그 중간쯤에 있는 좁은 다리가 보일 때였다. 두 사람의 머리가 보였고 그곳에 다다르자, 나는 숨을 멈추고 가만히 바라볼 수밖에 없었다. 도저히 한 걸음도 뗄 수 없었다.

그 좁은 다리는 한 명씩 일렬로 건너야 할 만큼 좁았는데, 네다섯 살쯤 되어보이는 아이가 그 다리의 시작부분에 쪼그려앉아 물 속을 가리키며 엄마에게 조잘조잘 말하고 있었다. 엄마는 가만히 서서 아이를 바라보고 있었다. 내가 가던 발걸음을 멈출 수밖에 없었던 이유는, 아이를 바라보는 또 다른 두 개의 눈동자 때문이었다. 그 두 개의 눈동자는 오토바이를 타고 그 좁은 다리를 건너려는 남성이었다. 그는 두 사람을 재촉하지 않고 시동도 꺼버린 채 그저 몇 발자국 떨어져 바라보고 있었다. 봄바람도, 흔들리는 풀 잎도, 그들의 시선도 내 발걸음을 묶어두기에 충분했다.

그들을 가만히 바라보다 문득, 누군가 나를 그렇게 바라보던 다정한 눈동자가 떠올랐다. 그때의 나는 몇 살이었는지도 모를 만큼 어린 나였다. 겨울이었다. 꽁꽁 얼어버린 모든 것들이 녹을 생각을 하지 않는 골짜기였다. 무뚝뚝하지만 다정한 우리 할아버지는 장날에 버스를 타고 나가 날카롭고 튼튼한 날을 사오셨다. 그것을 나무판자에 덧대 못을 박고, 튼튼하고 정확하게 얼음썰매를 만드셨다. 그러고는 썰매와 어린 예은이를 데리고 차갑게 얼어버린 한겨울의 개울가로 향했다. 아주 어릴 때로 돌아가보면 그때부터 지금까지 나는 언제나 겁이 많았다. 아주 무서운 상상만으로도 나를 두렵게 하기에는 충분했다. 깜깜한 밤에 마당에 나가는 일도, 한겨울에 저녁 7시 마지막 버스를 타고 집에 돌아오는 일도, 수영을 하는 일 말고도 여러 가지 많은 것을 두려워했다.

그런데 이상하게도 그때의 어린 나는 미끄러운 얼음 위에서 넘어진다든가, 얼음이 와장창 깨져 그 차가운 물에 빠져버린다든가 하는 무서운 상상도, 작은 두려움도 들지 않았다. 그저 분주하게 썰매를 타고 얼음 위를 달렸다. 신나게 얼음썰매를 만끽하고 있는 동안에도 할아버지는 쪼그려앉아

나를 가만히 바라보고 있었다. 할아버지의 눈빛은 마치 푹
신하고 따뜻한 담요 같았다. 할아버지가 나를 지켜보고 있
다는 사실만으로도 나의 아주 작은 두려움조차 사그라진
것만 같았다. 처음부터 겁이라는 게 없었던 것처럼 말이다.

 모든 기억은 흐려지고, 지워지기 마련이다. 몇 살이었는
지, 날씨는 어땠는지, 얼마나 추운 겨울이었는지를 아무리
생각해내려 애써 봐도 도무지 떠오르지 않았다. 그럼에도
오랜 시간이 지나도 나를 바라보던 할아버지의 눈빛은 여
전히 뚜렷하게 기억하고 있다. 그래서 나는 신나게 물 속
을 구경하는 그 아이에 나를, 바라보던 남성의 모습에 할아
버지를 투영했는지도 모른다. 한참을 거기에 서있었지만,
내가 발걸음을 옮길 때 까지 남성은 여전히 시동을 끈 채
그 자리에서 아이를 바라보고 있었다. 알지 하는 누군가
를 그렇게 사랑스럽고 다정하게 바라볼 수 있다니.

 나는 풀잎 냄새 가득한 길을 따라 걸어가는 내내 그 남
성에 대해 생각했다. 나는 그 시선을 닮고 싶었고 그런 여
유를 가지고 싶었다. 나도 누군가 그렇게 가만히 기다리며
바라보고만 싶었다. 곧바로 집에 전화라도 하지 않으면 안
될 것 같아 전화를 걸었다. 스물 세 살의 나는 차갑고 매
서운 바람이 불던 그때의 겨울 냄새를 다정하게 기억한다.
그렇기에 앞으로 다가올 그 아이의 봄도 한없이 다정하길

바라고 있다.

인생에 혼적 남기기

윤원정

part 0. 들어가면서

한 드라마가 있었다. 〈눈이 부시게〉, 제목 그대로 삶이 왜 눈이 부시게 빛나는지 알 수 있었다. 25살 혜자는 나의 요즘을 읽은 듯 했고, 노년의 혜자는 내가 누리고 있는 이 하루의 가치를 알며 어떻게 살아야할지 토닥여주는 기분이었다. 이 글을 더 많은 사람들이 읽어 나처럼 심심치 않은 위로를 받았으면 한다. 지금부터 서툴고 재미도 없지만 나라는 사람을 아는 이에게 흥미로운 말을 쓰고자 한다. '@yoon_expedition'이라는 나의 SNS 아이디처럼 이름값을 하며 눈이 부시게 오늘을 살아가고 있는 나를 펼쳐본다. 궁금하신 분은 부족하지만 귀엽게 읽어봐주시길 바란다.

2020년 10월
윤원정

Part 1. 죽음에 관하여

웹툰을 정말 좋아하는 나는 그 속에서 인생을 배웠고 느꼈으며 울고 웃었다. 특히, '죽음에 관하여'에서 '죽음은 그리 멀지 않아, 어렵지도 쉽지도 않고 그냥 있는 거지, 곁에.'라는 글은 죽음에 대한 두려움을 일깨웠다. 하루에 30만명이 태어나고 죽는다는데 나 갑자기 죽으면 어떡하지? 아직 유럽도 못 가보고 결혼도 못 해봤는데. 물론 '죽겠다'라고 말하는 일이 비일비재 하지만 막상 끝을 맞닥뜨리면 가장 간절해진다. 그때서야, 내가 진정으로 원하는 것이 무엇인지 어떤 것에 가치를 두며 살아야 하고 소중한 것을 깨닫게 된다. 그러나 살다보면 또 나의 지친 인생에 그 가치를 잊고 살아가게 된다.

'기록하지 않으면 기억되지 않는다'를 떠올리며 죽음을 무서워하는 한 젊은이가 삶을 기록한다. 내 가치를 잊지 않을 것이라 수없이 다짐하기 위해 나에게 거는 최면이다. 혼자서만 간직하면 기억이지만 누군가와 함께 나눌 때 추억이 된다기에 기억보단 추억이 나을 듯 싶어 남겨본다.

Part 2. 대학생 D-100

떠올려 보면 '24살'이 누군가는 젊은 나이라고 하고, 어떤 이는 곧 반오십이라 놀리기도 한다. 그리고 나에게는 마지막 대학생활의 시기이자 취준생 입문기이다. 대학생 신분 유효기간 3개월, 실감이 나지 않는다. 돌이켜보면 나의 대학생활은 너무나도 치열했다. 밤을 새는 것은 취미요, 하루 약속 3개는 특기였다. 정말 열심히 놀고 활동하였으며 많이도 만나고 다녔다. 주변에서 가장 많이 들은 말이 '바쁘다', '좀 쉬어라'였으니 말 다했다. 누군가는 나를 보며 대단하다고 하였고, 때로는 나처럼 되고 싶다는 이야기도 제법 들었다. 그러나 이에 가장 동의하지 않는 사람은 바로 나였다.

이 시절을 후회하냐 묻는다면 '그렇지 않다'라고 하겠으나, 다시 돌아가도 똑같이 살 것이냐 묻는다면 이 또한 '그렇지 않다'라고 대답하겠다. 물론 많은 경험들을 통해 다양한 사람을 만나고 일들을 겪으며 성장하였지만 그만큼 너무나 힘겨웠다. 어렸을 때부터 욕심이 많아서인지, 재수를 하여 남들보다 1년 몫으로 더 열심히 달려야 한다고 채찍질한 탓인지 그저 달리기만 했다. 뭐든 열심히 했는데 나한테는 예외사항이었다. 그러다 '코로나'는 강제로 휴식을 주었고, 홀로의 시간이 주어졌다. 이제 여유를 아나 싶었더니, 취업준비라는 벽이 또다시 오고 있다. 그저 열심히 달려온 나에게 이제는 여유롭게 걸으며 나아가는 법을 알려주고 싶지만 현실의 취준의 벽이 너무나 거대해 쉽지 않은 일이다.

Part 3. 내가 로또만 된다면, 2n년차 로또인생

때는 바야흐로 20살이 되던 새해 첫 날, 또래들은 모두 술을 찾아 떠날 때 나홀로 로또를 사러 주뼛하며 들어갔다. 뭔가 20살, 처음 이런 의미로 될 것만 같은 꿈을 꾸었으나 결과는 혹시나 했더니 역시나, 꽝이었다. 그 뒤로 심심치 않게 로또와 연금복권을 구매해봤는데 최고 성적은 여전히 1000원이다. 나는 로또만 되면 당첨금을 어떻게 쓸지 기분 좋은 상상을 하며 보내곤 한다. 우선 집이나 상가를 사서 월세 받으면서 부모님 노후로 쓰시라고 드리고, 당장 안전한 자동차부터 뽑고 돈많은 뭐하는지 모르는 멋진 언니가 되서 주변인들을 챙기고 싶다. 그리고 결혼 준비도 하고 여행도 널널하게 다녀봐야지. 벌써 상상만 해도 행복하다.

그러나 현실적으로 보면 벼락 맞을 확률에 가까우니 상상으로 놔두기로 한다. 막상 인생의 마지막을 생각한다면 지금 당장 내가 좋아하는 일을 하며 살아야 될 것 같은 생각이 든다. '내가 좋아하는 일'이 무엇인지 아는 사람이 몇이나 될까? 좋아하는 일 말고, 당장 하고 싶은 일을 나열하라고 하면 100개도 넘게 나열할 수 있지만 나는 부자가 아닌 평범한 소시민이다. 어느 정도 나만의 협상점을 잡고 살아야 되지 않을까 생각한다.

애초에 좋아하는 일을 알고 있는 것만으로도 엄청난 행운이라고 생각한다. 왜냐하면 꿈이 무엇인지 묻는 질문에 바로 답할 수 없는 사람이 대부분이기 때문이다. 진정 자신이 좋아하는 일을 하며 행복해하는 사람을 보면 참 부럽다. 더욱이 취업준비를 하는 요즘 직무에 맞춰 나를 끼워 넣으며 내가 가서 좋아하며 일을 할 수 있나 생각을 많이 하게 된다. 내 꿈은 글로벌하게 다양한 문화의 사람들과 일하며 나아가는 것이었는데, 망할 코로나. 결국 현실과 타협을 좀 많이 한다. 물론 많은 어른들이 일을 좋아하면서 하는 사람이 어디 있냐며 그냥 돈 벌려고 하는 것이지, 먹고 살아가려고 한다고 말한다. 인생은 한 번뿐이라 하는데 즐기면서 좋아하는 일 하면서 사는 게 이토록 어려운 일이라니 이상하다.

이런 고민을 할 수 있다는 것 자체가 행운이라고 생각한다. 당장의 생계를 걱정하지 않아도 되고 나만 생각하며 꿈을 진지하게 생각해볼 수 있는 이 시기와 환경이 감사함을 다시금 느낀다. 이렇게 글을 쓰며 삶을 돌이켜보고 있으니 천천히 가도 된다는 생각이 문득 든다. 나조차도 다른 사람 인생에 크게 신경 쓰지 않으며 사는데 다른 사람들이야 말로 내 인생에 얼마나 신경 쓸까? '괜찮지 않은데 괜찮은 척했다' 책에서 본 글인데, 천천히 간다면 5가지를 볼 수 있다고 한다.

첫째는 내 삶에 존재하는 아름다운 의미를,

둘째는 잘하려고 해도 잘 되지 않는 인생 속에서 너그러움을

셋째는 소중한 이들을 놓치지 않을 수 있으며 소중한 사람들과 이야기 나누고 이야기를 들을 수 있음을.

넷째는 더 행복할 것을

다섯째, 후회가 적을 것이다.

너무 급하게 달려와 오르막길을 만난 것 같아 속도가 나지 않는다면 천천히 가라 천천히 가면 되는 것이다.

그냥 조급하지 않고 천천히 가도 된다는 뜻이구나, 그렇게 하면 내가 보지 못했던 것들을 발견하면서 살아가는 즐거움을 느낄 수 있을 것이라는 생각이 들었다. 그럼 이제부터 바삐 가려는 나를 진정시키고 천천히 가는 연습을 계속해서 하다보면 언젠가 저 5가지 것들을 누릴 수 있을 것이라 기대하게 되었다. 그러나 대한민국에서 취준생으로 살아가며 이를 다짐하며 사는 것은 엄청난 노력이 필요함을 느낀다.

Part 4. 따뜻한 마음 똑똑한 머리를 가진 계획자

언젠가 인스타그램에서 상대방을 어떻게 생각하는지 표현하는 챌린지가 유행했었다. 궁금하여 아끼는 동생에게 이를 요청한 적이 있는데, 그녀는 나를 '따뜻한 마음 똑똑한 머리'라 불렀다. 잠시 물음표를 던졌으나 생각해보니 나의 인생모토와 연결되었다. '선한 영향력을 주는 사람이 되자' 한 번 사는 인생 나로 인해서 누군가라도 좋은 영향을 받아 나아갈 수 있다면 그것이야 말로 괜찮은 인생이지 않을까 자주 생각하곤 했다. 그래서 기부 마라톤을 뛰고 제품을 구매할 때도 사회적 기업이나 좋은 의미가 담긴 것들을 사고자 노력하였다. 나에서 그치는 것이 아니길 바라며 SNS에 자주 올리곤 했다. 뭔가 하나를 해도 나의 작은 행동이 누군가에게 도움으로 이어질 수 있다는 사실에 행복했다. 이런 선한 행동이 한두 명씩 시작하여 모두에게 전해진다면 더 나은 세상을 만들 수 있다고 생각하며 꾸준히 실천

하였다. 물론 이것이 얼마나 큰 영향을 주겠냐고 할 수 있다. 허밍버드가 큰 산물 앞에서 물 한 방울씩 나르며 자신이 할 수 있는 한 최선을 다했던 것처럼 내가 할 수 있는 한 그게 물 한 방울일지라도 계속해서 더 나은 세상을 위해서 행동하며 살고 싶다. 따뜻한 마음은 이렇게 인정하지만 똑똑한 머리라니, 정말 과찬이다. 그저 좋은 사람들과 함께 운이 같이하였기에 모두 이룰 수 있던 것이라고 생각한다. 항상 느끼지만 난 참 인복이 많은 사람이다. 저와 함께해주시는 여러분께 이 자리를 빌어 다시금 감사하다고 말씀드리고 싶다.

또 다른 재주꾼 오빠는 이렇게 나를 남겼다.

Y에게는 항상 계획이 있다.

아마 Y는 지금도 무언가 계획하고 있을 것이고,

Y의 뛰어난 추진력을 바탕으로

곧 우린 그 세계로 뛰어든 나를 만날 수 있을 것이다.

어디서 그런 에너지가 나오는지 알 수 없다.

에너지가 다 소진된 날,

Y는 소진된 에너지를 위해

다시 또 새로운 계획을 시작할 것이다.

정말 이 글을 읽자마자 어쩜 이렇게 나를 잘 표현할 수 있는가 놀라울 뿐이었다. 나는 일 벌리기의 최고봉이다. 끊임없이 새로운 도전을 갈구하고 뛰어들며 결심을 하면 진짜로 실행한다. 물론 지속기간이 그리 길지는 않다. 무에타이도, 필름카메라, 지금 쓰고 있는 이 에세이도 그들 중 하나이다. 이렇게 여러 일들을 경험하고 즐기면서 그 가운데서 에너지를 얻는다. 그 에너지가 나를 성장시키고 더 나은 사람으로 만드는데 거름이 되고 있다. 아마 5년이 지나고, 10년이 지난 지금도 꾸준히 성장해나가기 위해 나는 무엇인가를 계속해서 하고 있을 것이다. 그러고 보면 나는 도전 속에서 더 나은 내가 되어 왔구나 새삼 깨닫게 되었다. 이런 발자취가 없었다면 지금의 나는 없었겠구나 생각이 든다. 내 자신이 나태하고 게으르다고 생각했는데 아니었구나 나 자신 최고 멋쟁이다.

part5. 윤원정이라는 사람의 끝과 지금

새삼 이렇게 글로 나를 돌아보고 내 삶의 끝을 생각하다 보니 여러 생각이 떠오른다. 나 진짜 열심히 살았구나, 조급하지 말고 지금 삶에서 누릴 수 있는 것들을 즐기는 연습을 해야겠다. 오지 않은 미래를 두려워하며 현재에서 괴로워하지 말아야지. 또 사랑도 마음껏 하고, 내가 원하는 일이 뭔지 지금 딱 찾지 않아도 '이거 해보고 안 되면 딴 거 하지 뭐' 라는 마음을 새겨야지.

그리고 언젠가 닥쳐올 나의 죽음에 대비해 책으로 남길 수 있는 이 곳에 유언장을 써본다.

〈괜찮은 인생이었네〉

이 글을 읽은 당신이 누구일지는 모르지만
저는 덕분에 괜찮은 인생이었던 것 같습니다.

운이 좋아
따뜻한 부모님을 둘 수 있었고
곁에 믿어주는 사람들을 만날 수 있었고
사랑을 알게 해준 반려자와 아이와 함께할 수 있었습니다.

때로는 후회하고 고민하였지만 내가 바라보는 일에 있어서는 가장 빛나도록 살았던 것 같습니다. 수많은 선택 속에서 그런대로 괜찮게 제 인생을 이끌어 온 것 같아 후회는 덜하네요. 그래도 제 자신을 많이 사랑해주지 못해 참 미안한 마지막입니다. 그래도 그 순간들 까지도 모두 저의 삶이었기에 아끼며 떠나고자 합니다.

저를 떠올릴 때 슬퍼 울기보다는 웃음 짓는 기억이 더 많기를 바랍니다. 제가 여러분들께 어떤 사람이었을지 모르겠지만, 그래도 한번쯤은 괜찮은 사람이었기를 바래봅니다.

저는 과분하게도 너무나 많은 베풂과 사랑을 받았기에 이렇게 괜찮은 인생이었다 생각하며 떠날 수 있게 되었습니다.

저의 길다면 길고 짧다면 짧은 한 번뿐인 인생에서 여러분을 만날 수 있어, 인연을 만들 수 있어 너무나 행복했습니다.

저의 마지막에 조금이나마 더 나누고 떠나고 싶어, 장기기증을 할 수 있다면 해주시길 부탁드립니다. 따뜻한 마음을 가지고 살기 위해 노력했던 저를 떠올린다면 보다 선한 영향력을 주기 위해 살아가는 여러분들이 되었으면 좋겠습니다.

다시 한번 눈이 부신 인생을 살 수 있게 해주셔서 감사합니다. 비록 큰 재산이나 권력을 누리지는 못했지만 그 누구보다 하루를 가치있고 느끼며 살고자 하였으니 저는 후련합니다.

나의 인생에 '가족'이라는 이름으로 찾아와 부족하고 서툴었던 딸, 누나, 아내, 엄마의 역할에 함께 있어주셔서 고맙습니다. 덕분에 행복할 수 있었으니 더할 나위 없이 기쁩니다. 하늘에서 그 역할을 마저 하여 여러분을 위해 기도하겠습니다. 사랑합니다.

그대와 나, 같은 주파수

이나혜

　다음은 서울 방학동에서 이나혜 님이 보내주신…7746님의 문자…

　라디오에서 내 이름이 불리고, 온 마음을 다해 쓴 사연이 읽어질 때의 설렘이란? 아마 라디오를 사랑하는 청취자들만이 알 수 있는 행복일 거다.

　나는 초등학교 때부터 라디오를 듣기 시작했는데, 이런 듣는 습관을 갖게 된 것에는 엄마의 영향이 컸다. 우리 집은 라디오를 켜는 것으로 하루를 시작했기 때문이다. 그때 그녀와 비슷한 나이가 되고 보니, 라디오는 아마 워킹맘으로서 하루를 여는 엄마에게 기분 좋은 시작이자 친구가 아니었을까 하는 생각이 든다. 이런 이유로 자연스럽게 라디오를 접하게 된 열세 살의 나는 방문을 꼭 걸어 잠그고 〈이본의 볼륨을 높여요〉를 챙겨 들었었다. 최초로 기억하는 라디오 프로로 가요를 듣는 즐거움에 푹 빠졌던 시절이었다.

중학교 때는, 마이마이 스타일의 휴대용 카세트를 무기 같이(정말 벽돌만큼 컸다) 들고 다니는 유난을 떨기도 했다. 주파수가 잘 안 잡혀 지지직거렸는데도 학원 쉬는 시간이며 집으로 돌아오는 버스 안에서 참 열심히도 들었다. 왜냐하면, 좋아하는 연예인이 디제이를 했기 때문이다. 그 이름하여 〈젝키의 FM 플러스〉. 그 나이대 대부분의 여학생이 그러하듯 '오빠'들을 좋아하는 팬심 하나로 나는 무지 적극적이었다. 다시 듣기 서비스가 없었기에 본방송을 공테이프에 녹음하는 정성을 들이며, 한마디라도 놓치지 않으려고 무진 애를 썼다. 그때 남겨진 최소 50개 이상의 테이프는 15년이 지난 후에야 미련 없이 떠나보낼 수 있었다.

또, 좋아하는 남자친구에게 선물하기 위해 나만의 플레이리스트를 만들어 보기도 했다. 〈비쥬, 누구보다 널 사랑해〉 〈샵, 美〉 〈사준, 메모리즈〉 〈핑클, 영원한 사랑〉 이런 시대의 주옥같은 명곡들을 A면, B면에 나누어 정성스레 녹음했다. 재빨리 버튼을 눌러야 했고, 중간에 디제이가 말이라도 하는 날엔 '아 망했어!' 하며 말없이 테이프를 되감았다. 한 사람을 위한 낭만과 감상이 있던 시기였다.

고등학교 때는, 6차 교육의 마지막 희생양이자 0교시라는 제도의 압박으로 일곱 시 반까지 등교해야 했다. 당시 공부에 별 흥미가 없었던 나는 교실에 도착하자마자 이어폰 꽂고 책상에 엎드려 라디오를 들었다. 시디플레이어를 들고 다니다가, 검지손가락 크기만 한 아이리버 MP3를 손에 쥐게 된 무렵이었다. 영어 듣기평가를 대비하기 위해 부모님이 사주신 MP3는 좋아하는 노래를 채워 넣고 라디오를 듣는 것으로 제 역할을 톡톡히 해내고 있었다. 라디오 주파수를 여기저기 돌려가며 듣다가 선잠이 들고 팔이 저려 일어났던 그 시간이 아스라하다.

대학에 가서는 라디오를 들을 일이 많아졌다. 본격적으로 라디오에 애착을 갖게 된 시기이기도 하다. 집에서 학교까지는 왕복 세 시간이 걸렸다. 지하철을 네 번이나 갈아타고 학교에 가야 했기 때문에 보통 지루한 게 아니었다. 노래만 쭉 듣는 것도 점점 좀이 쑤셔서 라디오를 듣기 시작했고, 그렇게 라디오는 내 등하굣길 단짝이 되어주었다.

첫 직장에서는 업무환경이 자유로워 라디오나 노래를 틀어놓을 수 있었다. 덕분에 나는 온종일 라디오를 들을 수 있었고, 그 시간은 일상의 낙이 되었다. 그때 MBC FM 4U는 '다른 건 모른다! 91.9mhz'라는 타이틀을 앞세워 아침부터 밤까지 짱짱한 프로그램을 자랑했다. <오상진-이문세-김기덕-정선희-윤종신-김원희-배철수-타블로-성시경>으로 이어지던 디제이 라인업을 감히 MBC라디오 최고의 전성기라고 말해본다.

좋아했던 라디오 프로그램들이 정말 많지만 굳이! 정말
굳이 딱 3개만 꼽아보라면, 〈타블로와 꿈꾸는 라디오〉,
〈FM 음악도시 성시경입니다.〉, 〈배철수의 음악캠프〉라
고 하겠다. 그리고 또, 이소라의 FM 음악도시, 유희열의
라디오 천국, 하동균의 라디오 데이즈, 이주연의 영화음악,
이루마의 골든디스크… 등등 참 많은 프로그램을 사랑했었
다.

각각의 프로마다 유명하고 재미있는 코너가 있기 마련인
데, 그것보다 사실 오래 기억에 남는 건 시그널 음악과, 클
로징 멘트이다. 끝나는 시간이 다가올수록 경건해지기까지
한다. 이렇게 끝맺음을 함과 동시에 정규방송을 실시간으로
함께 들은 우리에게는 알 수 없는 전우애까지 생긴다.

쓱싹쓱싹하는 연필 소리와 함께 시작되는 블로노트, 라디
오 이름보다 클로징 멘트가 더 유명한 성 시장의 '잘 자
요~' 그리고 조금은 투박하지만 강한 존재감을 주는 철수
아저씨의 '지금까지 프로듀서 ㅇㅇㅇ, 작가 ㅇㅇㅇ, 디스크
자키 배철수였습니다.' 어느 것 하나 마음에 와닿지 않는
것이 없다.

나는 라디오를 좋아하는 만큼 적극적으로 함께 그 시간을

가꾸어 나가는 청취자의 역할을 하기도 했다. 사서함이 있을 때는 엽서를 보내기도 했고, PC 통신과 인터넷 홈페이지에 들어가 사연을 올리기도 했다. 요즘엔 문자를 보내는 것으로 편리함을 대신하고 있지만, 전송을 누를 때의 신중함과 답장이 오는 순간의 기쁨은 가히 말할 수 없다. 라디오를 좋아하는 마음이 전해진 것인지 내가 보낸 사연과 문자는 꽤 여러 번 주파수를 탔고, 선물도 참 많이 받았다. 어느 한번은 청취자 대표로 타블로와 식사를 하는 행운을 얻기도 하였다.

친한 친구에게도 하지 못할 말, 마음속에 담아두고 있었던 생각들을 풀어놓았다. 라디오는 언제나 귀 기울여 들어주었고 디제이는 정성을 다해 사연을 읽으며 격려와 조언을 해주었다.

내 이야기는 주파수를 타고 전국 각지로 퍼졌다. 같은 라디오를 듣는 청취자 간에는 정이 있다. 얼굴도 모르는 생면부지의 누군가가 나를 위해 마음을 써주고 있다고 생각하니 힘이 나지 않을 수가 없었다. 주파수를 타고 허공에서 서로의 이야기가 꼬리에 꼬리를 물고 이어진다. 민들레 홀씨 날아가듯. 그렇게 서로에게 가 닿고, 이내 씨를 뿌려 꽃을 피운다. 때론 이렇게 안면도 없는 사람들에게 받는 위로가 큰 힘이 될 때가 있다. 라디오를 좋아하는 이유이기도 하다. 따뜻하고, 정겹다.

하루의 위안이 되어주어 고맙다고 보낸 문자에, '제가 더 고맙죠.'라고 하는 블로의 말.

토닥임 좀 받아볼까 징징거리고 보낸 문자에, '왜 벌써부터 걱정을 해! 될 수도 있지. 힘내십쇼!' 위로를 건네다가도, '그러고 싶어요?' '안 하는 게 맞죠? 그죠?'라고 쓴소리를 하는 성 시장.

나 혼자만 간직하고 있었던 꿈을 또박또박 읽어 주며, '꼭 그렇게 될 겁니다.'라고 지지해주는 철수 아저씨까지.

그들의 목소리 하나에 기어코 마음이 가득 차고 마는 밤이다. 매번 내 마음을 다 안다는 듯이 토닥여 주는 걸 보면, 주파수 너머의 사람들이지만 어쩐지 나에겐 세상에서 제일 가까운 사람들이기도 하다. 서로의 주파수를 알아보고 안아주기 때문이다.

이런 사소하고도 소소한 시간이 모여 내가 되었음을 깨닫는다. 나의 마음과 타인의 마음을 살필 줄 아는 마음 씀씀이를 갖게 되었고, 라디오를 타고 이어지는 유대감을 통해 마음이 조금은 말랑말랑 한 사람이 되었기 때문이다.

수많은 영상매체가 생겼지만, 라디오를 대신할 수 있는 건 아마 없을 거다. 라디오만큼 다정한 건 없으니까. 주파수를 맞추어본다. 나의 이야기와 너의 이야기가 만날 수

있도록. 그래서 우리의 이야기가 닿을 수 있도록. 오늘도
다정한 사람들에게 기대어 마음을 달래고, 익숙한 목소리를
들으며 스르르 잠이 든다.

신청곡은, 〈윤상, 영원 속에〉.*

좋은 꿈 꾸시구요. 잘 자요~**

아침에 일어나면, 좋은 일만 있을 거예요.***

---

* 「FM 음악 도시 성시경입니다」,「유희열의 라디오 천국」의 마지막 방송 엔
  딩 곡으로 쓰임
** 「FM 음악 도시 성시경입니다」 클로징 멘트
*** 「이소라의 FM음악 도시」 클로징 멘트

잠자코 여름을 기다릴 것

초판 1쇄 2020년 11월 25일

지은이 ㅣ 유자차스튜디오

펴낸곳 ㅣ 문학여행
발행인 ㅣ 고민정
주　소 ㅣ 서울특별시 중구 을지로 14길 20, 5층 출판그룹 한국전자도서출판
홈페이지 ㅣ www.bookjour.com
이메일 ㅣ contact@bookjour.com
전　화 ㅣ 1600-2591
팩　스 ㅣ 0507-517-0001
원고투고 ㅣ edit@bookjour.com
출판등록 ㅣ 제2017-000048호

ISBN　979-11-88022-36-6　(03810)